实力派

晓秋
主编

中篇小说集

姐抱

吴克敬◎著

中国言实出版社

图书在版编目（CIP）数据

姐抱 / 吴克敬著. -- 北京：中国言实出版社，
2022.12
（实力派 / 晓秋主编）
ISBN 978-7-5171-4197-6

Ⅰ.①姐… Ⅱ.①吴… Ⅲ.①中篇小说—小说集—
中国—当代 Ⅳ.①I247.7

中国版本图书馆CIP数据核字（2022）第233300号

姐　抱

责任编辑：宫媛媛
责任校对：张国旗

出版发行：中国言实出版社
　　　　　地　　址：北京市朝阳区北苑路180号加利大厦5号楼105室
　　　　　邮　　编：100101
　　　　　编辑部：北京市海淀区花园路6号院B座6层
　　　　　邮　　编：100088
　　　　　电　　话：010-64924853（总编室）　010-64924716（发行部）
　　　　　网　　址：www.zgyscbs.cn　　电子邮箱：zgyscbs@263.net

经　　销：新华书店
印　　刷：徐州绪权印刷有限公司
版　　次：2023年1月第1版　　2023年1月第1次印刷
规　　格：880毫米×1230毫米　　1/32　　8印张
字　　数：180千字

定　　价：68.00元
书　　号：ISBN 978-7-5171-4197-6

目 录
CONTENTS

姐 抱

一

别说大姐年龄大，年龄大的姐姐抱得动牛！

姐抱长大成了一名网红，却在被姐姐屈文艺抱起来时，没头没脑地说了这样一句话。他这句说得没错，古周原上千百年流传的一句话哩，不仅姐抱知道，大家都知道。这是姐抱的福气哩，因为姐抱没有成为网红前，可不只姐抱一个称呼。在他初生时，因为爸妈爱着他，就先把他叫了"肉蛋蛋"。后来发现了他身体上的问题，就无可奈何地多加了一个字，叫他

"软肉蛋蛋"。直到他情不自禁地对亲爱的姐姐，说了那句话后，屈文艺高兴地应着他，给他说：我是你姐哩，姐来抱你是姐姐的本分。他就在他粉丝万千的网络账号上，把他的网名改成了"姐抱"。

姐抱……他把自己的网名这么一改，能说明什么呢？说明他曾经活得是很艰难的呢！不是一般地艰难，是非常地艰难的呢。

别人可能还不是很清楚，但姐抱自己是知道的，把他亲切地叫弟弟的屈文艺，当然也知道……那时候姐抱还小，嗷嗷待哺，而且也没有姐抱这个流行在他网络账号上的字眼。那时候他的母亲葛桑叶，把他抱在自己的怀抱里，不知道他会是个站立不起来的"软肉蛋蛋"，所以就心疼肉疼地把他"肉蛋蛋、肉蛋蛋"地叫在嘴上。他娘葛桑叶把他这么叫到一岁半时，比姐抱出生早了不到半年的屈文艺，张嘴"爸"、闭嘴"娘"的啥话都能说了；甚至推开扶她的人，跟跄着自己都能跑步走了。然而姐抱还不会张嘴叫"爸"，亦不会闭嘴叫"娘"，更不能站起来挪步。

不到半岁的年龄差呀，怎么能有这么大的比较呢？

姐抱的爸来情绪和姐抱的娘葛桑叶急了，夫妻俩急着抱起他们的姐抱，跑了无数趟凤栖镇医院。凤栖镇的医院太小了，医院里的医生说不清原因，就让姐抱的爸和娘抱着他，上县城医院，县城的医院亦然搞不清楚，就又让姐抱的爸和娘抱着他，上了陈仓市。从陈仓市还去了西安市，把大城市的大医院几乎跑了个遍。

到了后来，姐抱的爸和娘，得出了个结论。那个结论是大医院的大医生说出来的。

大医生说：甭乱花钱了。

大医生说：没有用的。

大医生说：你家娃娃一生大概就是这个样子了。

心有不甘的姐抱爸和娘是要问了。他们问大医院的大医生为什么呢？大医院的大医生倒是善解人意，他们原想糊涂着，让他们做爸娘的自己慢慢地去觉悟。可是他的爸娘问出来了，医生还能咋办呢？医生是无奈的，就实话说给了他们。

大医院的大医生苦着脸说：孩子落草时，伤着腰脊神经了！

晴天霹雳吗？五雷轰顶吗？

在凤栖镇小学做着民办教师的姐抱爸，在得到这个结论后，整日整日所能感受到的，就是他在课堂上教给孩子们的这两个词句。姐抱爸也许真被晴天的大雷轰着了，他灰心丧气，竟然不能自禁地在凤栖镇小学他带的班课上，手握粉笔，把那两个惨烈的词句，一遍一遍往黑板上写，写得一面黑板上，就都是那两个词句，和词句后边跟着的惊叹号。

两个惨烈的词句，与姐抱爸当时讲着的课一点关系都没有。

听课的学生们莫名其妙，但大家比平时更加遵守课堂纪律，全都睁大了眼睛，盯视着站在讲台上、摇摇晃晃写着那两个词句的姐抱爸，不知他是怎么了？

任职学校教导主任的屈精神，在校园里观察到姐抱爸来情绪代课班级纪律的静好……这是不正常的，小学生怎么可能如此安静？心里疑惑着的屈精神，走到教室的玻璃窗前，把他的眼睛贴在窗玻璃上，这便看清楚了姐抱爸的异常。屈精神看见了姐抱爸的不正常，但姐抱爸并不知道教导主任屈精神，在教室的玻璃窗外注视着他，竟然还在他写着的那两个词下面，用粉笔紧接着又写了两个更是不明所以的词。

软肉蛋蛋！软肉蛋蛋！

课后屈精神把姐抱爸叫到他的办公室，问他原因了。

听到了屈精神的问话，姐抱爸竟还一头雾水，反问屈精神了。

姐抱爸问：那还是我吗？

姐抱爸的身份是民办教师，屈精神的身份也是。他俩因为自身身份的关系，惺惺相惜，平日相处得很是投缘，虽没到无话不说的地步，但有想说的话，哪怕是压在心底里的，不好给别人说的，是也会说给对方听的哩。

屈精神发现了姐抱爸课堂上的异常，又面对面看出了他的异常，把他原来准备着批评劝导姐抱爸的话，全都封锁在牙齿上，不说了，只给他说了一句话。

屈精神说：你要不要休息几天？

二

算毬咧！算毬咧！

算毬咧……遵照校教导主任屈精神的嘱咐，回家休息着的姐抱爸，不敢看见他的儿子，看见了就要给他的媳妇儿吐一句"算毬咧"的话。开始时葛桑叶糊涂着，听不懂男人为什么给她说那句话，听着听着，她不糊涂了，听出男人来情绪，是要放弃他们的儿子了！

这怎么能呢？

"软肉蛋蛋"就"软肉蛋蛋"了，"软肉蛋蛋"还是她肉蛋蛋的儿子哩！葛桑叶想了，她把肉蛋蛋的姐抱抱在怀里，软就软吧，再软也是她心头上掉下来的呢！他爸来情绪想要放弃他，她可是不能放弃，她把姐抱抱得更紧了。

紧紧地抱着姐抱的葛桑叶，自己却先出了问题。

内心的愧疚，内心的痛苦，使姐抱的生身娘葛桑叶还自责着，悲伤着，这便一点预兆都没有地把不能丢手的姐抱，丢手放在家里出门走了，而且是一走就没再回来。

肉蛋蛋的姐抱多了一个软字，吓跑了他的娘，没有娘的他，谁能来抱他呢？自然是他当民办教师的爸了。来情绪能抱着"软肉蛋蛋"的姐抱到学校里的课堂上，给他的学生授课吗？当然不能了，没有办法，来情绪抱着姐抱去了教导主任屈精神的家，交给了屈文艺的娘常水香。

常水香把"软肉蛋蛋"的姐抱接进怀里抱着，今天抱，明天抱，天天抱，月月抱，年年抱，这就把他抱大了，抱得都会叫"爸"叫"娘"了。

在此期间，常水香有她忙的时候，抽不出手来抱姐抱，而屈文艺恰在身边，她就会喊屈文艺来抱。常水香喊屈文艺来抱姐抱时，是这么说的哩。

常水香会说：文艺是姐姐哩，你抱会儿弟弟。

常水香会说：姐姐抱弟弟，越抱越亲密。

屈文艺最听她娘常水香的话了，虽然她抱着姐抱时很是吃力，她也会要奋勇地抱了呢！就像娘抱姐抱一样，今天抱，明天抱，天天抱，月月抱，年年抱……屈文艺把姐抱抱着的时候，姐抱是依赖着屈文艺的，身与心的依赖哩！他依赖着屈文艺，就在心里给自己不自觉地起了个小名，也就是他后来的网名"姐抱"了。

姐抱会叫"爸"叫"娘"了，他叫的"爸"是亲爸来情绪，叫的娘可就不是他亲娘葛桑叶了。亲娘葛桑叶走得杳无音信，他就把时常抱着他的常水香，热辣辣地叫"娘"了。

姐抱是跟着屈文艺把她娘叫了"娘"的。

姐抱在不见了他的亲娘葛桑叶后，沉默得真像一堆"软肉蛋蛋"，不哭不闹，不言语，让所有面对过他的人，除了同情他，怜悯他，就还看着他，不晓得他咋还不会张嘴说话呢。

姐抱是个哑巴吗？

姐抱不是哑巴，他有说话的能力，更有说话的冲动，只是他悲伤得没有说话的欲望，给谁说？说给谁？说了人家听不听？终于有了一次，屈文艺的娘抱着他，抱得十分吃力，但还努力地抱着，抱着不免抱出了个小失误……当时的情况是，屈文艺的娘在她家的院子里，把姐抱捯饬在左胳膊弯里抱着，腾出她的右手，收拾晾在院子里洗出来的衣裳，花花绿绿，有屈文艺的小衣裳，有屈文艺爸的大衣裳，而且也有姐抱的小衣裳。屈文艺的娘收拾到姐抱的小衣裳时，却不由自主地左胳膊弯一松，把姐抱差点滑跌在地上。恰在其时，经常帮助娘抱姐抱的屈文艺，就随在她娘的身边，是她看出了问题的紧急，冒着姐抱跌下地来、砸着她的危险，帮助她娘托住了姐抱的身子，避免了姐抱滑跌在地上的险情。

帮助她娘托住姐抱的屈文艺，这个时候叫了她娘一声"娘"。

姐抱听出了屈文艺叫"娘"的语气里，带着些对她娘的抱怨和不满，他被感动了。

姐抱平生头一次开口说话了。他是学着屈文艺的口声叫的"娘"。

姐抱叫娘的声音，是不同于屈文艺的，他一声"娘"叫得伤心伤肺，充满了感激之情，还掺和进了他压抑在心里、对关心他照护他的屈文艺娘的无限感动。

姐抱期待母爱，渴望母爱。

姐抱在自己的亲娘身上没有得到，在不是亲娘的常水香身上得到了，这是"软肉蛋蛋"姐抱不幸中的万幸啊！

姐抱没开口就不开口，他开了口就收不住口，把屈文艺的娘常水香又连着叫了几声。

姐抱热辣辣地叫：娘，娘。

姐抱还热辣辣地叫：娘，娘。

三

春种一粒粟，秋收万颗子。
四海无闲田，农夫犹饿死。

帮助自己的娘照顾着姐抱的屈文艺，到了上学的年龄背起书包读书了。

上学读书的屈文艺，从学校回到家里来，把她在学校念着的课文，是还要来教姐抱的哩！这是屈文艺帮助她娘照顾姐抱的方法，这样一来，姐抱就会表现得听话懂事……屈文艺知道，她娘所以要不计得失地照管姐抱，不仅因为姐抱的可怜，还因为姐抱的嘴甜——姐抱把照顾他的屈文艺的娘热辣辣地叫娘了，而她娘亦然热辣辣地答应了他。

人家孩子叫不是他娘的常水香"娘"是不容易，而不是他娘的常水香答应他也是不容易的呢！

既然答应了姐抱做娘，常水香作为屈文艺的娘，就也得如给屈文艺做娘一样，自觉自愿、身体力行地来做了。

为了履行好做娘的职责，屈文艺的娘，请了凤栖镇有能耐的木匠，给姐抱打制了一个小四轮的木坐车，四柱四梁的，常水香抱着姐抱坐在里边，推着他就能到处走了，这样要轻松一些。回家来温习功课的屈文艺，看着娘手上忙着事的时候，不能照管好姐抱，她就要自觉地过来，帮助她娘推着他，在院里转着圈子兜风。

推着姐抱在院子里兜风转圈子，屈文艺不能耽搁了她的学业，就一边推着木作四轮车转圈，一边背诵着新学的课文。那一次，屈文艺刚好在学校读了《古风·悯农》的诗，课外布置的作业，就是把诗歌背诵下来。

屈文艺按照课堂上的要求认真背诵了。但她没有料想到，自己刚小声地背诵了几遍，再继续背诵的时候，刚背诵出前几句，姐抱便记忆下来，跟着她很熟悉地背诵出了下面的句子：

锄禾日当午，汗滴禾下土。
谁知盘中餐，粒粒皆辛苦？

屈文艺惊讶"软肉蛋蛋"记忆那么好！他没有到课堂去，未能认真地阅读，听她背诵了，跟着就会背诵，这该是神奇的呢！

更神奇的还在后边哩。

屈文艺后来在校学习了一篇新课文，回家来推着姐抱坐着的木作四轮车，在院子里兜圈圈，她依然按照学校布置的作业，背诵难度更大的《伯牙绝弦》一文。当时她像背诵《古风·悯农》一样，才背诵了一两遍，姐抱就又跟着她，把全文一字不落地都背诵了出来：

> 伯牙善鼓琴，钟子期善听。伯牙鼓琴，志在高山，钟子期曰："善哉，峨峨兮若泰山！"志在流水，钟子期曰："善哉，洋洋兮若江河！"伯牙所念，钟子期必得之。子期死，伯牙谓世再无知音，乃破琴绝弦，终身不复鼓。

姐抱配合着屈文艺，一起低声背诵完了《伯牙绝弦》的文章后，屈文艺没有犹豫，她推着为姐抱特制的木作四轮车，去到了她读书的凤栖镇小学，与她一起坐在了学校的教室里听课。屈文艺相信姐抱坐进教室里，在学习上不会比她差什么，甚至比她还要优秀哩。

在学校的教室里，屈文艺把与她坐在一起的那位同学，安排到一边去，空出他的位置，来让姐抱坐了。腰脊神经受伤的姐抱，自然坐不上去，屈文艺就俯下身来，抱起姐抱往课桌后的板凳上坐了。

这是一个开始，一个突兀的不可思议的开始。

一旦开始就成了一道风景，每天，凤栖镇上的人都能看见屈文艺推着那辆特制的木作四轮车，车上坐着姐抱，从屈文艺的家里出来，走在凤栖镇的大街上，走进凤栖镇小学的校门。姐抱被屈文艺抱起来，坐在他们坐着的课桌板凳上读书听课。

屈文艺既推又抱地带着姐抱一起求学的路程不算很长，但也不算很短。她每天推着姐抱来来回回地走，还是要费些劲的。因为凤栖镇的大街上，赶集上会的人多，人来人往，十分拥挤，加之路面坑坑洼洼，屈文艺推着木作四轮车里的姐抱，既要躲开人，又要错开路面上的坑洼，每走一步都不容易。不过这些都还不算太艰难，遇上刮风下雨、落雪降霜的天气，困难会加倍地跟上来，阻碍着屈文艺来推姐抱走了。

　　与屈文艺同校的同学苟胜利、郝勤娃，可不是个省油的灯。无论校内、校外，他俩都一副德行。但他俩却对屈文艺推着姐抱去学校，似乎很是赞赏。所以他们在看见屈文艺推着姐抱在路上遇到了什么困难，譬如木作车的四轮，有一只轮子卡在路上的坑洼里，推不动，他们就会很有眼色地跑上来，抬起陷在坑洼里的轮子，使屈文艺能够顺利地推着姐抱，继续向前走。

　　做了好事的苟胜利、郝勤娃，绝不会做了好事就罢手。

　　有时候可能是苟胜利，有时候也可能是郝勤娃，会做出些出格的事来呢。

　　苟胜利就曾在做了好事后，把他本来没有一滴汗水的脸，伸到姐抱的面前，要姐抱给他用袖子擦，姐抱知道他是瞎捣蛋，就理由充分地拒绝了他。

　　姐抱说：你脸上没流汗呀！

　　苟胜利还要捣蛋，说：屈文艺呢，她脸上有汗水吗？

四

是的啊？屈文艺的脸上有汗水吗？

这是不用多说的，长着眼睛的他看得见，亲爱的姐姐……对了，在姐抱的心里，他把屈文艺已经认作他的姐姐了。姐姐为了推着他上学校，经常要流汗呢！姐姐流汗推着他，他心痛姐姐，而姐姐只顾着使劲地推他，抽不出手来擦汗，他就要伸了手去，为他亲爱的姐姐擦汗了。

苟胜利、郝勤娃所以要让姐抱给他们擦汗，理由就在这里。

姐抱把苟胜利、郝勤娃的这一举动，当作了他们的一种恶作剧，完全没有当回事。不过，他清楚在他艰难的求学路上，他们是都帮助了他的。因此他不反感他们，就虚应故事地回答他们，说"哪天你们流汗了，我就替你们擦"。

原先的那一辆木作四轮车里，小得已经坐不下成长着的姐抱了。

屈文艺的娘，在姐抱一声又一声的"娘"叫声里，她再次请来凤栖镇上的木匠，重新打制了一辆新的木作四轮车，让屈文艺还推着姐抱一日日、一天天、一月月、一年年地去学校……屈文艺推着体格不断长大、体重不断增加的姐抱，她哪儿能不流汗呢？

姐姐为了姐抱上学校，流了多少汗水呀！

姐姐天热的时候要流汗，天冷的时候也要流汗，来回一趟学校，晶晶莹莹的汗水，从姐姐头脸上的毛孔里渗出来，有一些就垂在她的头发梢上，而更多的则挂在她的脸上。姐抱不是无心的人，他仰头看见了，伸出他的衣袖来，是必须为推着他的姐姐擦汗了。

苟胜利把头伸给了姐抱，郝勤娃也把头伸给了姐抱……他们爱捣蛋就捣蛋吧，总归只是小伙伴间的小心思，屈文艺就没有恼他们，而是带着她仿佛与生俱来的那种自傲，脸上暖暖和和的，只管推着姐抱，在凤栖镇的街上走。

内心自傲、满脸暖和的姐姐屈文艺，推着姐抱在凤栖镇的街道上走着时，不免要遇到苟胜利、郝勤娃他们，他们帮助了屈文艺后，不敢要屈文艺感谢他们，就呼叫着姐抱，要他感谢他们。

苟胜利、郝勤娃不敢要屈文艺感谢他们，不仅因为屈文艺的老爸是他们学校的教导主任，还因为他们心里有一种朦朦胧胧的情愫，使他们拿不出那种勇气来。正因为如此，他们便把想出来的恶作剧法子，只管往姐抱的身上抛了。

"姐抱！"

"姐抱！"

苟胜利搭手屈文艺推着姐抱时，是要那么怪声怪气地叫呢；郝勤娃也一样，学着苟胜利的调性，在帮上屈文艺一把力气的时候，也要怪声怪气地叫。屈文艺听着时，碍着他们是在帮助她，就没有怒怼他们。但她听着听着便听出了他们调性的不纯，甚至可以说是对姐抱的不敬与伤害，这样她便听不下去了，就选在他们学校的大门口，逮住了苟胜利和郝勤娃，把两个以捣蛋当乐事的家伙，认真地教训了一顿。

屈文艺喝问苟胜利、郝勤娃：知道你俩是啥吗？

屈文艺说：除了四肢发达，还有啥呢？

屈文艺把苟胜利、郝勤娃几声喝斥，喝斥得他俩一时不知怎么回应她，而屈文艺喝斥他俩的话，有几句还在后边跟着哩。

屈文艺说：你俩有这个资格乱喊叫吗？

屈文艺说：你俩除了腿脚还算硬气，别的可差远了。

苟胜利和郝勤娃在屈文艺的喝斥声里躲着她走了。走出去一大截路了，似乎回过来一点神，就头不回地咕哝了两句。

是苟胜利先咕哝的。他说：就你们叫得，我们不能叫了？

应声虫似的郝勤娃跟着也咕哝了。他说：是啊？我们怎么就不能叫呢？

屈文艺必须承认，苟胜利和郝勤娃说得没错，她比腰脊神经受伤的姐抱大了半岁，先是在家里，母亲常水香要屈文艺帮忙照管姐抱，给屈文艺叮嘱时，就让姐抱这么叫了。

母亲常水香会说屈文艺，你是姐姐，你把弟弟抱一抱。

姐抱也是会赖人，他叫了娘的常水香，让姐姐屈文艺抱他，他是绝不客气的，抓住机会，伸手向姐姐屈文艺，喊着叫着要她抱。

姐抱喊出来的声音是：姐抱。姐抱。

姐抱叫出来的声音还是：姐抱。姐抱。

从出生以来，没有起名的姐抱，就因此而有了他的名字。这也是因为他叫了娘的常水香说的呢。娘那次看见屈文艺抱着姐抱，从木作小四轮的车子上下来，到一边去解手。解罢手，又把他抱回到车子里坐好，她笑笑地说他了。

他叫了娘的常水香说：你没个名字怎么行？我看你姐常常抱着你，你就叫姐抱好了。

姐抱没有反对，他只是脸红了一下，就幸福地接受了。

屈文艺想要反对的，可是她奈何不了母亲常水香，更奈何不了姐抱。他们在家里就这么把姐抱的名字给弟弟叫上了。

开始叫的时候，都还小。姐抱需要屈文艺抱他时，会喊叫屈文艺，说：来，姐抱。

屈文艺听了姐抱的话，去要抱他了，会应承他一声。她应承的声音也是：来，姐抱。

长此以往，屈文艺把姐抱抱在木作小四轮里，推到学校去读书上课。姐抱有需要了，给屈文艺打招呼，竟然还是在家里说的话。他说：来，姐抱。

屈文艺听见了，去帮助他，应承他的话也是：来，姐抱。

但这仅限于他们来叫的，不允许苟胜利、郝勤娃他们乱叫。

恰好姐抱跟他爸姓来，苟胜利、郝勤娃他们要叫姐抱了，叫出"姐抱"是没问题的，屈文艺不会有意见，姐抱也不会烦他们。

讨厌的落雨天又来了，屈文艺把姐抱推在木作的四轮车里，陷在了凤栖镇街道上的烂泥坑里，怎么都推不动。打着油纸伞的姐抱，只能举油纸伞拧转身子，给推着他的屈文艺头上打，而他就被雨水淋上了，淋得头上脸上都湿了。即便如此，也不能保证劳力劳神推着他的屈文艺不被雨淋。屈文艺像姐抱一样，也是一头一脸一身的湿。

姐抱是不能忍了，他央求起了屈文艺。

姐抱央求屈文艺的声音是发自内心的。他说：姐姐，我不去学校了。

屈文艺没听姐抱的央求，她依然在泥泞的街道上，艰难地推着他走。这个时候的姐抱，却突然地把举在手上的油纸伞收起来，有点生气地再次央求屈文艺了。

姐抱生的是她的气，央求屈文艺的话，很自然地就有了些生她气的意味。他说：我姐抱，不就是个肉蛋蛋吗！

姐抱说：姐你甭再推拉我了，好吗？

踩着烂泥也向学校走着的苟胜利、郝勤娃，赶在这个时候走到了屈文艺和姐抱的身边，他们两个对视了一下，郝勤娃即心领神会地弯下腰，把他的脊背给了姐抱，拉住姐抱的一双手，把姐抱呼地背了起来，背在他的背上往学校赶了。苟胜利也没有垂手闲走，他端起陷在泥坑里的木作四轮车，端在胸前追着郝勤娃，一前一后，不落一步地向前走。

都走到学校的大门口了，苟胜利把他端在胸前的木作四轮车放下来，看着郝勤娃把他背在背上的姐抱，往木作四轮车上落。屈文艺不能说郝勤娃故意使坏，也不能说他没有使坏，但结果非常不好。

郝勤娃把姐抱没有落在木作四轮车上，而是落在了学校门前的稀泥里。

屈文艺慢了半步，她想接住姐抱的，却没能接得住，眼睁睁看着姐抱瘫在稀泥堆里挣扎！她愤怒了，弯腰抓起两把稀泥，朝着郝勤娃甩了去。屈文艺没能把愤怒的稀泥，甩到郝勤娃的身上，因为苟胜利拉着郝勤娃一条胳膊，两人都像泥沼里的泥鳅，已经飞也似的窜开屈文艺和姐抱十来步远了。

苟胜利跑回头地问了屈文艺一句话，他说：姐抱是你什么人呀？

郝勤娃从来都是苟胜利的复读机，随着他的问话也大声地问了：告诉我们，姐抱是你什么人呀？

屈文艺再次抓起一把烂泥，朝跑得更远了的苟胜利、郝勤娃甩了去。

五

有时间了，去采些桑叶回来。

屈文艺的娘是不会支使姐抱去采桑叶的，因为他没有那个能力。姐抱知道，他也叫着"娘"的常水香是常支使屈文艺采桑叶的。这成了屈文艺每个周末躲不过的一项差事……娘在家里养了蚕儿，开始只是一页纸上的蚕种，密密麻麻像是一粒一粒的黑芝麻，暖在被窝里，暖出一只一只的蚕儿，都似饿了八辈子似的，黑白天不分地就是吃，趴在桑叶上看不见蚕儿的小嘴动，只见桑叶的边沿上，爬着的蚕儿一会儿在桑叶上残出一个豁口，一会儿在桑叶上残出一个豁口……蚕儿长得太快了，开始在一页纸上蠕动着，从一页纸蠕动到一只竹筛子里，继续地蠕动着，又从竹筛子里蠕动进了大点的竹筐篮里，一个筐篮分成两个筐篮，两个筐篮分成四个筐篮，而且还在继续地分开着。

屈文艺知道，娘所以要养蚕，是她听屈文艺的老爸说，成蚕的蚕蛹既含有多种维生素，又含有铁、锌、硒等微量元素，还含有丰富的氨基酸，对姐抱的身体有非常好的补益作用。

屈精神关于蚕蛹的好处，说得非常仔细，常水香听得明白，因此她当即下了决心，养了蚕儿，养成蛹后煮给姐抱吃。

蚕儿是张口的虫子，必须有桑叶才能成长。

凤栖镇西的凤栖河谷，就生长着许多野生的桑树。屈文艺推着姐抱去学校读书的日子，他们的娘就自觉地去凤栖河谷采摘桑叶。到了周日，屈文艺可以抽出时间来了，娘就指派她去采摘桑叶了。

这个时候的屈文艺，已经知道娘养殖蚕儿的目的了。所以老娘指派她去采摘桑叶，她是欣然接受的。

娘在这个周末又指派屈文艺采摘桑叶了，在屈文艺应着声，就要出门往凤栖河谷采去时，姐抱在一边插话进来了。

姐抱说：我也要到凤栖河去。

姐抱说：我还没去过凤栖河哩。

姐抱既是说给他叫了"娘"的常水香听的，当然也是说给姐姐屈文艺听的。叫了"娘"的常水香想要拦住他，不让他去，可她还没说出拦挡的话，姐姐屈文艺就已走到木作四轮车旁，像她平常日子推着姐抱去学校一样，推着他走出了家门，往凤栖河畔去了……到凤栖镇河谷去了一次，姐抱仿佛把魂交给了凤栖河谷一样，在屈文艺每次去凤栖河谷采桑叶的时候，他都眼巴巴赖着屈文艺，要她推着他去。屈文艺能怎么办呢？哪怕每次去，推着姐抱是一个累赘，要使她受许多艰难，费许多劲儿，他要去，她也就顺着他的意，把他推到凤栖河谷去。

屈文艺知道，这还怪不得姐抱，如果要怪，就只能怪她屈文艺哩。在凤栖河谷采摘桑叶时，屈文艺还给姐抱讲故事哩。

凤栖河的故事又多又美，其中就有一个知性的关于凤凰的故事！

传说远古的时候，深居秦岭里的一只凤凰，听到周人的首领古公亶父，"率西水浒，至于岐下"，在古周原实行仁政，人民安居乐业，凤凰大为感动，就在秦岭深山里浴火重生，飞越了崇山峻岭，飞翔到了古周原的岐山之巅，兴奋地啼鸣了一声，从此落下一个"凤鸣岐山"的典故。那典故是美丽的，是感人的，传说着就又有了凤栖河的典故。"非梧桐不栖，非练实不食，非醴泉不饮"，生性洁逸的凤凰，就是这么高贵，她在岐山之巅放声啼鸣过后，继续着新的飞翔，这便飞到了凤栖河谷。凤凰是飞累了，需要梧桐树栖息一下，歇一歇翅膀，还需要竹子结出的练实饱食果腹，更需要甘甜的泉水解渴……古老的凤栖河谷，恰好既有高大的梧桐树，又有饱满的练实，还有甘甜的泉水，如此绝美的环境，让凤凰收起了翅膀，落脚在了凤栖河谷里的梧桐树上，成就了凤栖河谷的千年盛名。

多么迷人的故事啊，采摘桑叶来到凤栖河畔，屈文艺把姐抱安顿在河畔的阴凉处，她就爬到凤栖河谷的坡坎上，撵着一树一树的桑叶熟练地采摘了。

姐抱独处在凤栖河谷高处的阴凉地，俯视着凤栖河，天马行空地要遐想了呢。

姐抱内心里遐想着：姐姐屈文艺，可就是那只远古飞来的凤凰？

姐抱把他的这一种遐想，深埋在他的心里，默默地享受着姐姐对他无微不至的关怀与照顾……凤栖河谷的桑树在生出浓密的桑叶时，还会生出繁盛的桑葚来。桑葚初始的时候，青油油埋头在桑叶的背后，随着天气变暖，到了初夏时分，就会从桑叶的背后露出头来，展现出成熟了的紫红色模样！

姐姐在采摘桑叶的同时，见到了紫红色的桑葚，也是要采摘下来的。她采摘来成熟了的桑葚，不会自己吃头一嘴的，而是用她洗净了的花手绢，兜了起来，带到姐抱的面前，递到他的手里，要他先尝鲜。

多么美好的一个日子呀，姐抱坐在为他精制的木作四轮车上，怀抱着盛装姐姐采摘下来桑叶的篓子，手拿着姐姐采摘下的桑葚，从凤栖河谷回凤栖镇来了。

在人山人海的凤栖镇上，让屈文艺始料不及地听到了姐抱一声发自内心的轻唤，他轻唤的是屈文艺。

姐抱轻声地唤叫了：姐姐！

姐抱继续轻声地唤叫：姐姐！

憋在内心深处，把屈文艺轻唤了"姐姐"很久很久了的姐抱，赶在这个时候，轻声地唤叫出来，是因为苟胜利，还有郝勤娃。他俩这个时候，双双一脸坏笑地从姐抱和屈文艺的身后赶上来了。他俩已经问过姐抱，屈文艺是他什么人？此时此刻，姐抱要响亮告诉他俩，屈文艺是他姐姐。

亲亲的，亲得不能再亲的姐姐！

屈文艺也看见苟胜利、郝勤娃了，她没有辜负姐抱，在他热辣辣轻唤了她两声"姐姐"后，她立即轻声地应承了他两声。

屈文艺回应了：弟弟。

屈文艺继续回应：弟弟。

六

在娘喂养的蚕儿还没有上架结茧的时候，姐抱就还要赖着姐姐，到凤栖河谷去采摘桑叶的，因此又一个关于凤凰的传说，再次成了他们姐弟要传说的了呢。

这个故事有关于蚕和丝。

是姐抱先知道了的。他知道了后，就在屈文艺推着木作四轮车，去到凤栖河谷采摘桑叶时，说给姐姐听了。姐抱在给姐姐传说这个故事时，还先款款深情地说了这样一句话。

姐抱说：姐姐，你说咱娘像谁啊？

姐姐不知姐抱何以问出这样的话来，就不能理解地回答姐抱说了。

姐姐说：娘啊，能像啥呢？就只是咱娘。

姐抱在木作四轮车里坐着，回头看了一眼姐姐，对她神秘地笑了笑，这就把他知道的那个远古的故事说了出来。

姐抱说：咱娘就像嫘祖娘娘一样。

姐抱说出这句话后，不需要姐姐回应他，他自己就说开了。说是咱们娘养的蚕，就是远古时的嫘祖娘娘发明的，唐代大诗人李白的老师赵蕤，题刻的《嫘祖圣地》碑即是证明。碑刻"嫘祖首创种桑养蚕之法，抽丝编绢之术，谏净黄帝，旨定农桑，法制衣裳，兴嫁娶，尚礼仪，架宫室，典国基，统一中原，弼政之功，殁世不忘，是以尊为先蚕"。姐抱说得高兴，说得开心，他是还要继续说的。但姐姐却已听得哈哈哈哈乐了起来。

乐着的姐姐说：那咱娘就是神仙了呀。

姐抱听得出来姐姐是在嘲笑他哩。但他不恼，不仅不恼，还以姐姐的嘲笑为荣，犟着他的脖子，为他的比喻辩驳起来。

姐抱说：在我心里，咱娘是比神仙还要神仙呢！

姐抱这么辩驳着，竟还从心头滋生出许多发烫的泪水，直往他的眼眶里涌，他埋下头来，双手捂住眼睛，却捂不住泉涌似的眼泪，从他的指缝中汹涌地往出渗流着……神仙嫘祖只是一个远古的传说，而他认了娘的常水香，是现实的存在，他不是她亲生的，他的亲生娘葛桑叶跑得没了踪影，不是亲生娘的常水香，不离不弃，没有抱怨，没有不耐烦，听说了蚕蛹对他虚弱的身体有好处，就坚持养殖桑蚕，收获蚕蛹给他吃，年复一年都有七八年了。姐抱感觉得到，他吃着营养丰富的蚕蛹，虽说不能站起来，但他的身体明显强健了不少，他可以乘坐四轮的木作车，把他原来软塌塌的身子，坐得直溜溜傲岸挺拔……敬爱的娘，还寻医问药，从一位过路到凤栖镇的老中医那里，问得猪蹄加牛蹄，再加桑枝、桑葚干等几样东西，有利于强筋健骨，娘就还坚持养殖蚕儿，收获蚕蛹给姐抱大补身子，又常年给他炖猪蹄和那些东西，让他吃用。

常水香眼看着姐抱长得原有的木作四轮车又不能承载他了，就再请凤栖镇上的木匠，给他打制了一辆新的更大点的木作四轮车……姐姐推着他去凤栖镇读罢小学，又读了初中，姐姐考取了扶风县高中，就要独自下县城住进高中的校园里，继续她的求学之路时，敬爱的娘延请木匠给姐抱打制的木作四轮车，从小到大，竟然有五辆之多。

那五辆木作四轮车并排收存在一起，让姐抱什么时候看见，都要生出无限感动与感激。

姐抱感念那一辆一辆的木作四轮车，是他人生的腿和脚。但他坐上去，或是转移下来，总是要有人来抱的。最初的时候，是他叫了娘的常水香，在他上下木作四轮车时抱他。后来就是姐姐抱他了。姐姐抱他坐上木作四轮车，推动着去学校，下学了再推回来，抱他从木作四轮车上下来，在家里做作业、吃饭、休息。

　　姐抱这许多年就是在姐姐的怀抱里和她推动的木作四轮车里，成长起来的。

　　姐姐考高中了，她也是要继续抱着他、推动着他一起考的。姐抱从自身实际考虑，说什么都不去考了。姐抱想他不能太自私，他是时候该让自己这个大累赘，脱离开姐姐屈文艺，以便姐姐轻装上阵，考出好的成绩来，走她远大广阔的路。

　　为此，姐抱想尽办法，拒绝了姐姐屈文艺推着他去学校进考场。

　　姐抱想的办法先是怎么都不坐木作四轮车。但最终他扛不住姐姐和娘的再三坚持，她们强硬地抱着他坐进了木作四轮车，推着他往学校和考场里走。他在去学校的路上故意把木作四轮车弄翻整倒，一次次弄翻，一次次整倒……木作四轮车，毕竟是木头打制的，哪里经受得起一而再、再而三地翻倒，这便散了架子，姐姐没法推着他去学校进考场了。

　　有那么一段日子，凤栖镇上的人见多了姐抱有意捣鬼，与屈文艺为了去学校进考场闹别扭的场面……姐姐对姐抱几乎没了办法，木作四轮车散架子了，她还又抱又背地拉扯着姐抱，把他往学校和考场里搬。苟胜利、郝勤娃他们也许是被屈文艺感动了，就都一改他们原来的态度，自觉地帮助屈文艺背姐抱去学校进考场了。

姐抱苦恼他所有的坏办法都没能阻挡得了姐姐屈文艺的坚持。

姐抱不得不去学校，不得不进考场。不过姐抱是吃了秤砣铁了心，即使去了学校、进了考场，姐姐能强迫他答题吗？

当然不能了。

姐抱把他会答的能答的试题，全都错答出来，实现了他脱离开姐姐、不再连累姐姐的目的。

姐姐赶着时间要下县城读高中了，姐抱心里想着要躲开姐姐的，却身不由己地去送姐姐，直到姐姐从家里走了几天时间后，他都回不过神来，一个人独自在家忍不住要一遍一遍念叨姐姐。

七

谁的娃娃谁抱上。

凤栖镇上千古流传的一个习俗呢！姐抱的生身娘葛桑叶却没能做到，她跑得不见了踪影，倒是非亲非故的常水香抱着姐抱，还有屈文艺一起努力，把姐抱抱着推着成了人。

姐抱爱他认了娘的屈文艺娘常水香，而且也没有忘记他的生身娘葛桑叶。生身娘虽然未能尽到娘的责任，他还是把她爱在心头上，这没有什么好说，"人生人，吓死人"，姐抱知道他是伴着一盆血水，为生身娘葛桑叶落草下来的。生身娘所以跑得没有了踪影，并不是生身娘不爱他，而可能是太爱了，爱得不知怎么爱，才惶恐不安地跑得不见了踪影。

谁让咱落草在人世上是个"软肉蛋蛋"呢？

从这层意义来看，姐抱以为生身娘葛桑叶的跑脱，责任在他身上，他爱他的生身娘。他看得见，当民办教师的生身爹来情绪，也是爱着他生身娘的……生身爹，在他民办教师的职责上认真负责，他一边努力地履行着一个民办教师的任务，一边又努力地寻找着姐抱的生身娘。哪里有这方面的信息，他便情绪高涨地要去寻找。一次一次地寻，一次一次地找，生身爹把靠近凤栖镇的许多县都跑了，因为信息的缘故，有些地方还重复地跑了。生身爹这么情绪高涨地跑着寻找着，还根据获得的信息跑出了省，向东跑去了河南、山东，向西跑去了甘肃、青海，向北跑去了宁夏、内蒙古，向南跑去了四川、贵州……然而每一次情绪饱满地跑了去，却都让他情绪饱受打击。

突然有了政策，解决部分民办教师的转公问题。

天大的好事哩！

然而不论多么好，姐抱的生身爹都不会去想，自然也不会去争的……凤栖镇小学的民办教师，就只有屈精神和来情绪他们俩，来情绪想，屈精神比他优秀多了，从哪个方面来说，能转公办的都只能是他。屈精神是县级教学能手，他超越了许多自命不凡的公办教师，担任起学校的教导主任，安排主导学校的教学工作，游刃有余，深得学校老师和学生们的喜爱，现在有了机会转公办，自然就是他了。

来情绪自觉该给屈精神转公办，既有公心的认可，更有私心的认同。

来情绪自身所有的困难和问题是那么严重，他在民办教师的岗位上，没法来带身有残疾的儿子姐抱，就那么往屈精神的家里一推，像是人家的孩子一样，由人家帮他带了。带个健全的孩子，都不容易哩，何况是他身有残疾的孩子，屈精神的娘子常水香和女儿屈文艺，尽心尽意、无怨无悔地帮他带，他看在眼里，记在心上，他是没有争取公办教师的资格的，一点资格都没有……恰在这时，来情绪从镇派出所获得一条信息，安徽省那边的公安，要求协查一位走失女性的亲人，他们分析判断，有可能是姐抱走失的生身母亲葛桑叶。

获此信息，来情绪像他过去一样，立即找到屈精神，向他请假往安徽省那边赶了。

来情绪没在学校找见屈精神，就风追浪赶地去了屈精神的家，他在屈精神的家里看到屈精神的娘子常水香，在她家院子里洗衣裳，还看见屈精神陪在他残疾儿子的木作四轮车旁，陪着他儿子姐抱在读一本童话书……屈精神的娘子洗的衣裳中有几件就是他残疾儿子姐抱的，屈精神陪着他残疾儿子读的童话书，也是屈精神自己掏钱买来的……来情绪听得清楚，屈精神陪他残疾儿子读着的是一篇关于《皇帝的新装》的童话。

赶来的来情绪被他眼前的情景迷住了，天底下还有比这更温馨的家吗？

来情绪没有立即向屈精神请假，而是收住他疾风骤雨般的脚步，侧身倾听那个新奇的童话。

显然，这篇关于皇帝的童话被改编了。

改编的故事中，皇帝在游行大典上知道他没有穿衣服，之所以坚持光着身体游行，是他想要脱去伪装，以真面目示人，观察认识真的生活、真的世界。皇帝的目的达到了，他知道一切的虚荣，一切的虚饰，自然是虚伪的、不得人心的。皇帝游行后回到宫里来，本来是要杀掉那两个骗子的，但他饶恕了他们，并以此为警诫，坚持到老百姓中间去，从实际出发，体恤民情，深得老百姓的喜爱。

蹑手蹑脚的来情绪踱着小步，在屈精神和他的残疾儿子姐抱把那个新编的《皇帝的新衣》童话，读到了最后一个字时开口说话了。

来情绪是给屈精神说的，他说：真要感谢你哩！

来情绪说：还有你家娘子、你家女子哩！

来情绪说：派出所给我传话，说是安徽那边有个信息，我过去看看。

屈精神答应了他，说：去吧！

屈精神说：你放心地去吧！

八

怀揣着希望去，却抱着失望回。

安徽之行，来情绪像过去一样，没有找到他残疾儿子姐抱的娘。他就这么心不甘情不愿地返回到凤栖镇来，却意外地看见姐抱鸟枪换了炮，把原来坐着的木作四轮车扔在一边，坐上了一辆崭新的胶皮轮子的轮椅，不要别人推，他自己可以两只手或一只手，很轻便地搬动两个大胶皮轮子侧面的不锈钢转轮，转一圈，轮椅就能顺利地向前滚动了。

愁苦着的来情绪回到凤栖镇来，没有直接回他的家，而是去了寄养着姐抱的屈精神家。

来情绪在屈精神家里，见到坐在轮椅上的姐抱，把他惊得张大了嘴，当即抬起手去扶自己的下巴颏，担心下巴颏会掉下来。

屈精神没有在家，是常水香，在她家院子里照看着他……姐抱看见了回来的生身父亲，他盼望父亲此去安徽，能把他走失的生身娘找寻到，接回来！所以在姐抱第一眼看见父亲时，他搬动着轮椅上的不锈钢驱动轮，如飞一般冲向了父亲。

不用来情绪说什么，常水香只把来情绪扫了一眼，就知道他带回来的还是失望，她不想失望的来情绪把他失望的情绪传染给姐抱，就抢在他们父子说话前，先给来情绪说了。

常水香说：孩子坐的轮椅好吧？！

常水香说：是精神买回来的。

常水香说：精神没与你商量，他是用你的钱给娃买下的。

来情绪没听明白常水香的话，他疑惑不解，接过常水香的话问她了。

来情绪说：我的钱？

来情绪说：我有什么钱？

来情绪说：我没有钱呀！

来情绪说得没有错，他确实没有钱，一个凤栖镇上的民办教师，每月那点儿补助款，他和姐抱吃用过后，还能剩下多少钱……来情绪惊讶着的脸上，因为他的心理活动，又添加了一层浓厚的愁苦相。来情绪要寻找走失了的葛桑叶，一遍遍地找，他把所有的钱都搭进去了，还借了一河滩的债，他哪里有钱给姐抱买轮椅呀？

民办转公办……给来情绪一千个自信、一万个想象，他都不会，也不敢往那个方面想。屈精神回家来了，他听到了来情绪几句疑惑不明的话，呵呵笑着给来情绪说了。

屈精神说：你民转公的工资呀！

屈精神说：你才回来，还不知道，你转公办教师了！

屈精神说：给娃买的轮椅，就是你民转公的工资哩！

依然惊讶着的来情绪，回头来看告诉他这一秘密的屈精神，像不认识他似的，瞪着他的一双眼睛，死死盯着他，一字如一颗子弹，一句如一串子弹，从他的嘴里，像是喷射着的火焰似的，喷吐给了屈精神。

来情绪说：那不是我！

来情绪说：那是你！

来情绪说：民转公，怎么都是你！

来情绪又说对了，民办教师转公办教师的指标，下到他与屈精神同在的凤栖镇小学，的确如他所说"怎么都是你"。学校的老师像来情绪说的一样，也都是这么说的，还有镇党委、镇政府的领导人，以及县教育局的人和凤栖镇知道这件事的人，没人不认为民办转公办的人选应该是他，可他力排众议，到最后咬牙说服了众人，还说服他自己，把民转公的指标给了来情绪。

屈精神说服大家、说服他的理由唯有一条。

屈精神说：来情绪比我更需要！

他这个理由初说，既没有说服大家，更没有说服来情绪，大家你一嘴我一嘴地问他了：你就不需要吗！民办教师一场，转成公办，比多年的媳妇熬成婆还难啊，谁不需要呢？都是需要的，但屈精神坚持他的意见，进一步地说服大家也说服来情绪。

屈精神说：来情绪比我更需要。

屈精神把他的这个理由，在学校里给老师们反复地说，到了镇党委、镇政府，还有主管这项工作的县教育局反复说了，他反复不断地给大家做解释，才使有需要的来情绪，比他这个更有条件的人，幸运地由民办转成了公办。

公办教师的待遇，比起民办教师来，天差地别。

来情绪的残疾儿子姐抱，因此有了胶皮轮子的轮椅坐。屈精神拿到来情绪民转公的工资后，从县城买回轮椅来，由常水香抱着姐抱坐了进去……当时，他看着姐抱坐在轮椅上的样子，脸上挂满了幸福的微笑。他与姐抱一样，也是一脸的微笑，但他同时感觉得到，他的心里是流着泪的。

心里流着泪的屈精神，看见他的娘子常水香，傍在姐抱的轮椅边，也抬起手来，抹起了眼泪。

九

怎么能不抹眼泪呢？

一只煮了那么多年的"鸭子"啊！煮熟了，送到了嘴边上，却咬着牙不张口，执意要把民办转公办的好事让给来情绪，屈精神内心的难受，他自己不说，与他同床共枕了那么多年的娘子，怎么能没感觉呢？常水香不愿意看见他男人屈精神难受，她事前是劝说他了呢。

常水香说：他爸哩，咱扪心自问，做得可以了！

常水香说：包括你，包括女子屈文艺，还有我，咱不欠来情绪什么，咱们做得太对得起他了。

常水香说：民办转公办的机会，你不能让出去。

劝说心里难受着的屈精神，常水香是避过了寄养在他们家里的姐抱的。他们夫妻是在晚上的时候，钻在被窝里说的呢。常水香那天晚上，把她浑身洗了一遍，洗的时候，擦抹了一身的香皂，然后钻进被窝里，把她热烫烫蒸腾着香皂味的身子，偎进男人屈精神的怀里，抱着他的脖子，把嘴贴在他的耳朵上说的。常水香给男人说了后，没有获得男人的回应，她把他搂抱得更紧了些，嘴唇咬着他的耳朵，还进一步劝说他。

常水香说：我感觉得到你的心跳。

常水香说：你的心跳那么急，看把你难受的味!

常水香说：我不要你难受，你也不能难受。

屈精神承认与他同床共枕、搂着他的娘子是说到他心头上了。他很想回应她说他不难受，一点都不难受，他大公无私，他怎么会难受呢？但他给娘子回应不出来，因为那样的回应是假的，太假了，他不能给知冷知热的娘子说假话。还好，长大成人的姐抱，在他栖身的隔壁屋子里咳嗽了两声。他的咳嗽，解救了屈精神在被窝里受耳边风鼓吹的难堪。他掰着娘子搂抱在他脖子上的胳膊。他一边掰着一边给她说，问她听见姐抱的咳嗽了吗？

屈精神这么问过了后，没有掰动娘子的胳膊，就强调说了。

屈精神说：娃该不是要起夜了？

屈精神说：娃把你认了娘的呢？

屈精神说：你是娃的娘，我就随了你，做他干大不亏我。

屈精神这么给他的娘子说话，把她说得松开了搂着他脖子的手，让他从她温热的怀里脱离开来，穿上衣服，到咳嗽了的姐抱那边屋子去了。

姐抱栖身的屋子没有开灯，黑沉沉的一片，屈精神吱呀推开虚掩的门，在暗黑的屋子里，首先看见了姐抱的眼睛，亮闪闪的，如两只燃烧的火球，见他走了进来，就看向了他。屈精神也是看着姐抱的，他俩四目相撞，在夜色里撞出了一片更为璀璨光亮的火焰。

屈精神依着他的思路来问姐抱了。他说：要起夜吗？

姐抱却没跟着屈精神思路走，他有他的想法，他把他的想法毫不避讳地说出来了。

姐抱说：民办转公办是您的，您就不要让了！

姐抱说：您要让给我爹，他不会高兴，他只会内疚，只会痛苦！

屈精神不要姐抱往下说，他怕他再说下去会动摇了他的决心，因此他给姐抱说了，如他刚给他的娘子说的一样。

屈精神直视着暗夜里姐抱的眼睛，说：在咱家里，你是认下娘了对吧。

屈精神说：你认下了娘，我是谁呢？

屈精神说：我不就成了你的干大？

没人能改变屈精神的主意，他痛苦着却也痛快着，说服了所有需要说服的人，赶在姐抱的生身爹出门寻找他生身娘葛桑叶的日子，把来情绪民办转公办的手续，利利索索地办了下来。

屈精神没有给人明说，他想来情绪有了公办教师的身份，传扬出去是会增加他的生命光环的，他努力寻找的姐抱生身娘要是听到了，也许不要他满世界乱跑着去找寻，会自己颠儿颠儿地回来了呢。

怀揣着如此美好的期望，屈精神没有不可以让出来的东西。

屈精神与来情绪在凤栖镇上一起成长，一起走进学校担任民办教师的职责，虽不能说相濡以沫，荣辱与共，却可以说是相互知己的……屈精神把来情绪民转公的工资收入，拿着钱给姐抱买回了轮椅，让姐抱坐上去，极大地方便了姐抱的行动自由，原来坐在木作的四轮车上，没人推就动不了，现在好了，姐抱坐在轮椅上，他自己用手驱动着，即能四处走动了。

寻找姐抱生身娘未果的来情绪，看到他残疾的儿子有了轮椅坐，他惊讶了。知道了原委后，很是莫名地气愤了起来，情绪立即大变，当着屈精神和他娘子的面，扑向坐在轮椅里的姐抱，把他从轮椅上一把扯下地，抬起脚踢踹起了轮椅，把新新的一把轮椅，踢踹得翻倒在地上，还不满足，又抬腿伸脚，踩踏了呢！

钢铁制作的轮椅，经得起来情绪的踢踹和踩踏。

来情绪踢踹踩踏过了，屈精神扶正过来，常水香拿抹布擦干净轮椅上的灰土，与男人屈精神一起，抱着姐抱坐上。

十

屈文艺读大学了。

屈文艺就读的是陈仓师范学院。她在学院里一如既往地努力，很好地完成着她的学业。与此同时，她还联络了几位同学，给陈仓市有需要的家庭做孩子的家教。

　　为了揽到家教的活儿，屈文艺和有意愿的同学，利用周六、周日学院没课的时候，集体到陈仓市最为繁华的人民广场，一字排开，或蹲或坐在广场中心的音乐喷泉那儿，背向冲天而起的水柱，还有形形色色的水帘和水雾，面对熙熙攘攘的人群，每人手持一张写着家教字样的纸牌，像是一只只待人领养的宠物，默然地等待着来人咨询。老实说，那个滋味是不好受的，不过屈文艺他们硬着头皮坚持下来了，坚持的结果是，有此意愿的同学，先先后后，都等来了请他们上门做家教的机会。

　　屈文艺他们守株待兔般等在人民广场上，人来人往的，什么样的人都有，既有她那样文文弱弱的家教大学生，更有进城来的打工汉。打工汉们不像屈文艺他们手持一页纸的说明就好，他们是带着工具的；有木工手艺的汉子，自然带着锯子、刨子什么的；有泥瓦匠手艺的汉子，自然带着瓦刀、泥抹子什么的；有厨房手艺的人，擅长红案操作的人就带着刀子什么的；擅长白案操作的人，就带着擀面杖什么的……杂七杂八的他们，嗓门是那么大，为了争抢主顾有时还要吵起来呢，吵得惊天动地，吵不出结果时还有可能动起手来。屈文艺头一次来到这里，看着眼前的一切，既觉新鲜又感新奇。屈文艺忍不住和她的同伴交换感受，有人说了，说这里的音乐喷泉给他们做背景，他们都如广场上的演员一样。

屈文艺同意同伴的议论，她因此也发表了看法。

屈文艺说：人生在世，在哪儿不是演员呢?

屈文艺说：咱把自己的人生大戏演好了，不仅对得起自己，还对得起人生的大舞台哩。

屈文艺的同伴，无不同意屈文艺的观点，其中有人接着她的话又说了。

那位同伴说：看看人家打工汉，来广场上演出他们的人生戏剧，都是带着道具的，咱们什么都没有。

那位同伴这么说了后又有同伴说了。

接着来说的同伴，毫不掩饰他的追求，他说：我做家教，就是要给自己挣一台手提电脑。

这位同伴的话，是他们来做家教大学生的共同心声，他们大家包括屈文艺，都对他的说法重重地点着头。

不仅在大学的校园里，而且在社会的各个角落，那时候最流行也最吸引人眼球的，就是一台手提电脑，那是一个人身份地位的象征，更是一个人有无文化、文明不文明的表现。这就如在音乐喷泉广场上的打工汉们手里拎一把锯子、刨子，瓦刀、抹子、菜刀、擀面杖一样，那是他们吃饭的家伙。与打工汉们不一样，他们是大学生，大学生的梦想是能通过自己的劳动，拎一台手提电脑，这也是他们吃饭的家伙哩!

屈文艺他们的心里这么想着，不自然地便优越了起来，有意识地与高喉咙大嗓门儿吵吵闹闹的打工汉们，保持着一定的距离。

这个距离是重要的，头一次到这里来，屈文艺他们做家教的大学生就见识到，争吵着的打工汉们，有人抡起了瓦刀，有人抡起了擀面杖，更有甚者还抡起了菜刀……那个情景真是太吓人了！

屈文艺就是在那样的情景里，偶然地扫一眼，看见了从凤栖镇走出来、在陈仓城打工的苟胜利和郝勤娃。

屈文艺看见了苟胜利和郝勤娃，他俩没有看见她。

苟胜利和郝勤娃会不会泥瓦工的手艺，屈文艺不知道，她只看见他俩那个时候，每人手握一把亮晃晃的瓦刀，参与进了一场争抢活儿的激战中。屈文艺看着他俩，怕的是他俩手上没轻没重，砍伤了别人不好，被别人砍伤了也不好。她从他们做家教的大学生中走出来，冲到苟胜利和郝勤娃跟前，把他俩从争抢活儿的激战中，伸手拉住，并且发出比他俩还大的声音，把他俩从激战中拉了出来。

苟胜利和郝勤娃倒是还听屈文艺的话，尽管他俩那么生猛，但经不住屈文艺的吆喝，乖乖地退了出来，退到广场人少的一角，听屈文艺说他俩。

屈文艺说：你俩进城来是打工挣钱的。

屈文艺说：你俩没想伤着别人吧？

屈文艺说：也不想别人伤着你俩吧？

屈文艺这边劝说着苟胜利和郝勤娃时，为争抢活儿的打工汉们，是打斗出麻烦来了。一队警务人员，还有城管人员，分乘着几辆标志鲜明的车辆，汽笛声声地围拢到广场上来了，见到手上拎着瓦刀，或是头上流着血的人，戴上铐子就往警车里塞……苟胜利、郝勤娃，因为被屈文艺拉着退出了打斗的人群，幸运地避免了一次被手铐铐走的苦难。

苟胜利和郝勤娃，感激着屈文艺，要请屈文艺到广场一边的小饭馆，叫几个小菜感谢屈文艺，被屈文艺拒绝了。

屈文艺说：打工挣钱太不容易了。

屈文艺说：能省就省着点吧！

屈文艺说：你俩看我给人做家教，与你们打工差不多，都是为了挣些钱的呢。

屈文艺说：我不问你俩挣钱为了啥，我挣钱就想给自己买台手提电脑。

苟胜利、郝勤娃对屈文艺说的手提电脑是陌生的，他俩因此异口同声地问屈文艺了。

俩人问：手提电脑？

屈文艺伸手指了他俩手上拿着的瓦刀，给他俩说了。

屈文艺说：与你俩提在手上的瓦刀差不多，都是用来吃饭挣钱的家伙。

屈文艺说：我要珍爱我将拥有的手提电脑。

屈文艺说：你俩也要珍爱你俩手上的瓦刀哩。

十一

你把手提电脑买下了吗?

在人民广场的音乐喷泉那里,屈文艺给一户人家的孩子做罢家教后,她又来了。这次来,她又碰见了苟胜利、郝勤娃。开初,屈文艺见着他俩时,以为只是个巧合,可他俩问了这样一句话后,屈文艺明白过来,他俩是在这里等她的,而且等她已经有些日子了。

问屈文艺有没有购买手提电脑的是苟胜利。他问了屈文艺这句话后,是想说些别的话呢,却被郝勤娃抢了上来,加说了一句话。

郝勤娃说:如果还没有买到,我们有办法让你买得起,买得到。

郝勤娃的话说得直白了,苟胜利怕他说漏了嘴,吓着了屈文艺,就拿眼睛戳着郝勤娃,摆手让他闭上嘴。他因此接着说,就说到了关于屈文艺的老爸民办转公办的话头上来。

苟胜利说:你可能还不知道,上头给你老爸下了一个民办转公办的指标。

苟胜利说:多么好的事情啊!

苟胜利说:可是你老爸没给自己办,他让给了来情绪,给人家办了民转公。

对于苟胜利报告的这一消息,屈文艺的确不知道。她听苟胜利说出来，心里替老爸难受了。作为他的女儿，屈文艺比谁都知道，她老爸身为民办教师，又担任着凤栖镇小学的教导主任，是很期待着民办转公办的，而且也是有资格民办转公办的。然而机会来了，他却让给了来情绪。但她难受了一会儿，并没有在这个消息上多说什么，而是转移着她内心的不愉快，问了苟胜利另一个问题。

屈文艺说：我弟怎么样？

屈文艺说：你俩从凤栖镇出门来，见着他了吗？

屈文艺的话，像是两个从蒸屉里拿出来的热包子，苟胜利和郝勤娃俩人，张嘴抢着要吃似的说起来了。

木讷些的郝勤娃，这时嘴倒快了苟胜利半拍。

郝勤娃说：你弟他好着哩！

郝勤娃说：都有崭新的轮椅坐了。坐在轮椅上，你弟他摇着轮子，想到哪里去就到哪里去，他可是快活着哩！

苟胜利有他要和屈文艺说的话，因此，他跟着郝勤娃的话头，朝着他想要说的方向上转了。

苟胜利说：你知道你弟的轮椅是谁给买的吗？

苟胜利说：是你老爸买给的呢！

苟胜利说：你爸给来情绪民办转了公办，就拿来情绪转了公办的工资，给你弟买了轮椅。

木讷的郝勤娃，也许在和苟胜利寻找屈文艺时商量过，到这时也变得很会察言观色了。他呆呆地望着屈文艺，想要知道屈文艺听到这样的消息，会有什么样的表情，他没看出来，就接着苟胜利的话说上了。

郝勤娃说：你老爸也是，有那份心思操心你弟，给他买轮椅，咋没心思想着你，给你买台手提电脑！

郝勤娃说：轮椅和手提电脑，哪个贵？哪个贱？你老爸心里就没底？

人民广场的音乐喷泉，在苟胜利、郝勤娃找寻屈文艺，与屈文艺东拉西扯说着的时候，一刻不停地播放着预先设定好的音乐。那音乐一会儿舒缓柔美，一会儿激越高昂。舒缓柔美的时候，喷泉的水花也设计得舒缓柔美；而激越高昂的时候，喷泉里的水花设计自然也激越高昂……苟胜利、郝勤娃配合默契地给屈文艺说着的那些话，让屈文艺听到后来，蓦然醒悟，知觉他俩可不是为他老爸的在民办转公办的事情上，抱什么不平，他俩应该有什么别的没说出口的话呢？想到这里，屈文艺可不想与他俩站在这里说她无法把握，又没有实际意义的话，就以回绝的口气，让他俩别说了。

屈文艺说：对不起，我有我的事，不能陪你俩了。

屈文艺说：我看你俩到城里来出息了，愿你俩越来越出息。

屈文艺说给苟胜利、郝勤娃的话，绝不是恭维。在人民广场头一次碰面，苟胜利、郝勤娃是什么样子呢？穿的、戴的，以及他俩的行为，既特别乡村，还特别愣头青……多日不见，再见他俩，西装革履，屈文艺真是要对他俩刮目相看了呢。

屈文艺告别了使她刮目相看的苟胜利、郝勤娃，就转过身去，向着音乐喷泉一边的大学生家教群那儿走了去。她才走出两步，就又被苟胜利、郝勤娃抢在她前头，把她拦挡住了。

挡在屈文艺前头的苟胜利和郝勤娃，各自从口袋里掏出一沓百元大钞，直往屈文艺手里塞，他俩塞着说了。

苟胜利说：我一千。

郝勤娃说：我也一千。

苟胜利和郝勤娃报了钱数后，还异口同声地说：买台手提电脑够了吧？

屈文艺没有接苟胜利和郝勤娃塞给她的钱，她被他俩的举动弄蒙了，不知他俩哪儿来的钱？就很警觉地躲着他俩，说她不能收他俩的钱。

屈文艺说：我做家教就好了。

屈文艺说：再做一家就够买手提电脑了。

苟胜利、郝勤娃吃了秤砣铁了心，他俩以不把手里的钱塞给屈文艺不罢休的态度，纠缠着屈文艺，这使屈文艺更加警惕起了他俩，还没好气地质问他俩了。

屈文艺问：你俩什么意思？

苟胜利说：我和勤娃在练歌房里找到了活干。

苟胜利说：在那里来钱快极了，唱唱歌儿喝喝酒，大把大把的钱就到手上了。

郝勤娃在苟胜利说这段话时，一直点着头，到最后顺着苟胜利的话，还重复地强调了一句。

郝勤娃说：胜利没有哄你，练歌房多得是和你一样漂亮好看的女娃家。

于是在陈仓城人民广场的音乐喷泉旁出现了一幕：屈文艺追着苟胜利、郝勤娃，两位十分狼狈地躲着逃走了。

十二

功夫不负有心人，屈文艺凭着自己吃苦耐劳，为几户有需要的人家做家教，帮助他们家的孩子在学业上大有进步，她受到了聘请她做家教家庭的赞誉和喜爱，她因此也获得了自己想要有的收获。

屈文艺想要有的收获，就是一台手提电脑。

有了手提电脑的屈文艺，把手提电脑主要用于她的学习。在此基础上，她有点闲暇时间，也喜欢在那烦烦乱乱的网络世界，把自己幻变成一只网虫儿，钻进那浩如星空般的网络空间里，自由地搜索漫游，让她不经意地发现了一个网名"姐抱"的账号，涉足进去，只是匆匆一眼，就看出是在凤栖镇里的弟弟开设出来的。

"姐抱！"

天底下除了弟弟，谁会给他起这样一个网名呢？屈文艺深入地阅览着网名"姐抱"账号里推出的文字。她从那些文字里，感觉到了一种自信，一种她非常欣赏的自信呢！

"姐抱"好！太好了！屈文艺预感到弟弟"姐抱"会快速

成为一位网红。

弟弟在他注册为"姐抱"的账号里，没有隐瞒自己是个下肢先天性瘫痪的残疾人。但他没有因为自己下肢瘫痪，气馁，颓废，埋怨，悲观，退缩，而是非常乐观，既敢于直面现实，又坚韧不屈，积极向上，像他在网络上说的，我无法选择残疾，但残疾阻碍不了我的人生！

屈文艺不禁把弟弟在他"姐抱"账号里说的这句话，重复着念了出来，"我无法选择残疾，但残疾阻碍不了我的人生！"屈文艺太欣赏这句话了，而且还更欣赏他的行动。

受限于下肢的残疾，弟弟把他所有的情感，几乎全都倾注于他的"姐抱"账号里，努力讲着他能讲、讲得出的故事。

屈文艺看见弟弟开宗明义，首先讲了他网名"姐抱"的来历。那来历别人是这么阅读的，屈文艺不知道？但她一眼就看得出来，弟弟讲的就是他成长的真实故事。他坦诚地讲了，他有一位不是亲娘而又胜似亲娘的娘；还讲了他有一位不是亲姐姐而又胜似亲姐姐的姐姐。他讲他就是在娘和姐姐的怀抱里成长起来的。他爱他的娘，也爱他的姐姐。他的网名"姐抱"，就是这么得来的。

他在讲着自己的真实故事时，还强调了一点。说他从此无论在生活中，还是在网络上，就都一个名字，那就是"姐抱"。

哦！姐抱。

屈文艺在网络世界初识"姐抱"的名字，她很是激动了呢！好多天来，嘴上老是念念叨叨地要把"姐抱"这个名字说出口来。她这么说着，就还引起了许多同学的注意，问她念叨啥哩？她不好回答，就让她的同学到网上去看。同学们看了，立即会要成为"姐抱"粉丝，而上网热议的哩。

屈文艺的判断没有错，弟弟"姐抱"迅速成了一位网红。

网红的姐抱以他自己的感人故事，为他圈粉无数。粉丝们一天天急着想要看到新的故事，而他恰好有着凤栖镇上搜集来的故事了，因此他在"姐抱"的账号里继续往下讲了。那些故事，屈文艺也是熟悉的，不过她在"姐抱"的账号里来看，发现他在讲的时候，是做了些润色加工的，他讲得有了新意，而听起来似乎就更吸引人了。

姐抱在他的账号里讲起了蚕神嫘祖的故事。他言之凿凿地写道，嫘祖是他心中的神！

姐抱还说，凤栖河谷生长的桑树，不是自然野生的，而是嫘祖当年栽植的。为了证明他的论点无可辩驳，还晒出了凤栖河谷里的那座马头娘娘庙。那座窑洞式的娘娘庙，就在凤栖河谷的峭崖上，屈文艺与弟弟姐抱在凤栖镇上的时候，他俩是常去凤栖河谷采摘桑叶的，因此没少到娘娘庙里去。当时，屈文艺只是看着娘娘庙太破败了，她没有把那破败的娘娘庙与蚕神嫘祖联系在一起，经弟弟姐抱在他的账号上一说，使她恍然大悟，禁不住在姐抱的账号下留言，大大地点赞了他一通。

屈文艺的留言，是个她蓦然涌上心头来的"文艺青年"网名。

屈文艺之所以这么起这样一个网名，就是要让弟弟姐抱看得明白，她这个姐姐人在大学校园里，心还在他身边，是非常关心、关注他的呢。

　　屈文艺赞赏弟弟姐抱讲说"蚕神嫘祖"的故事，引经据典地提到了《山海经》、《搜神记》、《太平广记》等典籍。这么做来，便于获得粉丝们的认同，证明他没有戏说，而是远古的时候，真有那么一位嫘祖姑娘，父亲出门远征，临出门时，给家里留下了一匹白马，嫘祖思念征战的父亲，每天给白马饮着凤栖河的河水，吃着凤栖河谷的青草，她与白马相依为命，白马是她唯一的伴侣，她有要说的话，就给白马说了。忽然的一日，嫘祖牵着白马下到凤栖河谷吃草饮水，她把心里想着的一句话给白马说了。

　　嫘祖说：白马呀白马，你能把我父亲接回来吗?

　　嫘祖说：你把我父亲接回来，我就让父亲把我嫁给你做媳妇。

　　白马听后悲鸣不已，它倒不是想要娶嫘祖姑娘做媳妇，而是感动嫘祖对父亲的深切思念，因此鬃扬尾飞，奔腾而去。数日后的一天，白马便给嫘祖姑娘驮回了她满身征尘的父亲，但因白马过于劳累，竟然把自己累成了一张马皮。嫘祖姑娘心疼了，她把白马的皮小心地搭在了一棵树上，却意外地发现，白马的皮毛碎成了一树的蚕儿，爬在树上蚕食着树上的叶子，那树因此就叫成了桑树。吃着桑叶的蚕儿，成虫后就在桑树上吐丝结茧，因此人间便有了丝绸。

　　洪荒年代里的一个传说故事，被弟弟姐抱在他的账号里讲出来，像发生在当下的生活里一般。他因此抬出了常水香，说常水香是姐姐屈文艺的生身娘，他一个残疾人，与屈文艺的生身娘没有任何血亲关系，但她听说蚕蛹对他的康复有帮助，便自觉养殖桑蚕，收获蚕蛹给他食用。

姐抱这么讲着屈文艺生身娘常水香的故事，还在他的网络账号里坚持说常水香就是活着的蚕神嫘祖！

在"姐抱"的账号里，跟帖的人太多了，每日每时都在增加，有人因此提议可以用众筹的方法，把姐抱晒在账号里的那座旧得不能再旧的马头娘娘庙修复起来，用以发扬蚕神嫘祖的精神，唤醒人间大爱，还有奉献，如白马一般无私无畏，如白马一般舍生忘死！

姐抱的网络账号，在他的苦心经营下，一日红似一日，为了强化"姐抱"账号的实际效用，姐抱就还把屈文艺原来采摘给他的桑葚，以及他也叫娘的屈文艺生身娘常水香，为了他身体的康复，给他煮食的蚕蛹、猪蹄髈一桩桩一件件，极具诗情画意地往出晒。

姐抱晒出来的桑葚，是要配上他精心拍摄出来的图片，以及整理出来的文字，图文并茂地一起晒的呢！

照片上的桑葚如是鲜果，则带露挂霜，鲜艳欲滴；如是干果，则饱满干爽，使人馋涎……文字说明，又特别地干练简约，直指要害，什么色泽紫红，肉质厚美，味甜油润，可补益血清，降血糖血脂，驻颜抗衰老，增强免疫力，并对人们常见的头晕目眩、耳鸣心悸、烦躁失眠、腰膝酸软、脱发早白、消渴口干、大便干燥等人所有的不适症状，有明显的缓释作用。

姐抱的这种做法，用网络语言来说叫带货上网，特别时尚，带得有法，就能带得大火起来，使自己带货在线，带出非常可观的市场哩。

被姐抱热辣辣叫了姐姐的屈文艺，乐见姐抱成为带货网红。

屈文艺在网上看见了，是一定要点赞的。她在给姐抱点赞的时候，用的必须是她"文艺青年"的网名。在此基础上，她是还要继续转发的呢，在她的朋友圈里做进一步的传播。而她的朋友们，像她一样，感动姐抱身残志不残，因此就感佩姐抱讲述的故事，化学反应般地持续传播着，传播得姐抱不想成网红都由不得他了。

成了网红的姐抱，继续着他在网络上的故事讲述。

十三

吹箫引凤，是凤栖河谷浪漫到极致的一个民间传说故事。

弟弟姐抱接续着蚕神嫘祖的故事，在他的"姐抱"账号里再次地讲述出来了。姐抱不论讲述"蚕神嫘祖"的故事，还是讲述"吹箫引凤"的故事，都水乳交融般紧紧地结合故乡的凤栖河谷，如鸣溅溅地流淌着的凤栖河水一样，沁人心脾，使人陶醉……著名的西汉文学家刘向在他的《列仙传》里，绘声绘色记述了秦穆公的女儿弄玉，不仅生得如花似玉，而且还善于弄管吹箫，其所吹奏的乐曲，宛如凤鸣。某日夜间，弄玉登上凤楼，刚一奏响竹箫，即听到远处有佳音传来，余音缠绵，游丝不绝！那与弄玉箫声合鸣的人是谁呢？弄玉不得而知，她相思成疾，但她越是相思，越要登上凤楼吹箫，这便在一个风和日丽的傍晚，看见一位乘龙而来的少年。那少年不是别人，正是与弄玉箫声相鸣的萧史。随着萧史乘龙而来的，还有一只振翮高飞的凤，纷披的羽毛，五彩斑斓，飞翔到凤楼上时，华彩漫天的凤俯身过来，驮上了萧史弄玉，两人珠联璧合，双双腾云而去，归隐在凤栖河谷里……弟弟姐抱的故事，就是这么来讲的。他讲到这里，一座与马头娘娘庙相似的窑洞群，亦即凤女祠，便图文并茂地出现在了他的"姐抱"账号里。图是多角度的图，文是多层次的文，把"萧史弄玉"的传说，表现得活灵活现，就如刚刚发生在凤栖河谷一般。

弟弟姐抱在他的网络账号里讲故事，怎么能不带货呢？

弟弟姐抱是必须带货的，他在讲"蚕神嫘祖"故事时，能够带的货，是生长在凤栖河谷里的桑葚，以及养殖蚕桑而获得蚕蛹和常水香秘制的酱猪蹄；他讲"吹箫引凤"的故事，就还有他发掘出来可带的新货了。

纯洁高雅的萧史和弄玉，他们既是音乐之神，又是爱情之神，弟弟姐抱就必须带出与之相谐相融的货才对哩！

凤栖河谷的货物多着哩，这里一丛、那里一丛的竹林，这里一湾、那里一湾的莲荷，这里一株、那里一株的梧桐树，被弟弟姐抱极尽可能地以图片的形式，推上他的网络账号。姐抱推出的那些个景致，屈文艺是熟悉的，她在"姐抱"的账号里看见了，会情不自禁地佩服弟弟有能耐，居然把那些她过去熟悉的景致，包装出了让她都觉得新鲜而又无法尽说的诗情画意来。

屈文艺推波助澜，与她的朋友们把姐抱关于"凤栖河谷"的故事，又炒了个火热，使得姐抱的网络账号继续红火着！

带着这许多使屈文艺心潮澎湃的感动，她在大学放了暑假后，回到凤栖镇上来了。

回到凤栖镇上来，屈文艺给弟弟姐抱是带了礼物的。

屈文艺在陈仓城的教育学院，一边读着大学，一边做着家教，她给自己挣钱买了台手提电脑，继续做家教，继续挣钱，赶在暑假时，给弟弟姐抱也买了台手提电脑……屈文艺把带着原始包装的手提电脑，抱在怀里，搭乘长途汽车，在凤栖镇下车来了。下车来的屈文艺，没回家先见自己的生身娘、生身爹，而是直接跑到凤栖镇上开办的农家书屋里去了。

是为姐姐的屈文艺知道，已成网红的姐抱，定然会在农家书屋里的台式电脑前，向热爱他的粉丝们讲述他们爱听的故事哩！

"文艺青年"，屈文艺在弟弟姐抱的网络账号里，以这样的名字刚一出现，就被姐抱机警地逮住了。

姐抱在网络上逮住了姐姐屈文艺，比他在现实生活里与姐姐一起时，是还要兴奋，还要新鲜、新奇哩。姐抱逮住了姐姐屈文艺，就把她在"姐抱"网络账号上，为他做的事情，一桩桩一件件，不仅记录在了他的网络账号里，还深深地记忆在了他的心坎上。

当时的时候，姐抱揪住姐姐屈文艺，她不明确现身，就绝不放过她。

姐抱在电脑键盘上，飞快地敲着字：姐姐！你是姐姐！

没有屈文艺的回复，姐抱还敲：你不回复，就是姐姐！

屈文艺还不回复，姐抱就把几个伤心流泪的表情包甩上了网页，并在表情包的下方敲着字：姐姐呀！你不能不理弟弟！

屈文艺能咋办呢？她回复姐抱了，她回复的话语无不是欣赏和赞美，还有鼓励和支持，人在两地，因为网络，姐姐屈文艺和弟弟姐抱，呼吸在了一起，心跳在了一起，姐姐屈文艺知道弟弟姐抱在网上红起来了，但还没有自己的电脑，她就答应姐抱，说他暑假回来，啥都不带，就给姐抱带一台手提电脑。

姐姐屈文艺没有食言，她带回了一台崭新的手提电脑，去了凤栖镇上的农家书屋，把手提电脑送到姐抱的手上。

他们姐弟，在农家书屋里，多的话没说，打开手提电脑的包装，就急不可待地装置了起来。

已成网红的姐抱，因为姐姐屈文艺的倾心相助，他幸运地有了一台自己的电脑，他眼瞅着蓝莹莹的手提电脑屏幕，手抚着自带的电脑键盘，给自己噼里啪啦的一通键盘舞蹈，即新建了一个新的文本，把姐姐屈文艺给他带回手提电脑的消息，当即推上了他的网络账号。姐抱一经推出，就有粉丝跟帖上来，赞美姐抱有个好姐姐，感佩姐抱有个好姐姐……恰在这时，有一条信息，被姐抱的粉丝强势地推了出来。

那讯息是突出的，竟然是一个加了粗线的黑框，"砰砰砰砰"地在黑框里弹来一行字，明确告诉姐抱，他在网络寻找的生身母亲葛桑叶，就在内蒙古草原上一个偏僻的小镇里！

这样的讯息，姐抱在他的"软肉蛋蛋"账号里，发出请求以后，曾经收到过几条回应。回应是姐抱希望的，但他总结生身爹来情绪找娘的教训，在回应中他要反复地验证，因此许多回应都被他理性地验证剔除掉了。这次的回应是特别的，太特别了，姐抱不仅自己努力地验证着，还有姐姐屈文艺在旁帮助他验证，他俩越是验证，越是感觉这条特别的信息有着非常强的真实性。

姐抱不仅冲动了起来，他呼唤了一声傍在他身边的屈文艺：姐姐！

屈文艺像姐抱一样，也有些冲动，她应了姐抱一声：弟弟！

十四

必须说的是，"姐抱"网络账号上的信息没错，他的生身爹来情绪，去到内蒙古草原深处的那个小镇上，把他生身娘葛桑叶真的找到了。

不过，姐抱的生身爹来情绪为姐抱找到的生身娘葛桑叶，已然成了一具冰凉的尸体，生身爹把他的生身娘没能完整地带回来，便无奈地焚化成一把灰，盛敛在一个黑色的小匣子里，一路抱着抱回到凤栖镇来的……生身娘葛桑叶以这样的方式，重回凤栖镇是够让人悲哀伤情了，但这似乎还只是个开始，更为叫人哀痛悲伤的是，给姐抱抱回了生身娘的生身爹，在把他的生身娘抱回凤栖镇来，向他们家里走着，都已走到家门口，抬腿便能跨进家的门槛时，凤栖镇他们来姓人家的人们听到消息赶了来。他们赶来后挡在来情绪的前面，不容妥协地告诉他，说他把姐抱的生身娘千辛万苦找回来就好了，但她是不能再进家门了。

来姓门里人说得理直气壮：在外咽了气的人，就不能再回家咧！

来姓门里人说得斩钉截铁：古周原上的老规矩哩，对谁都一样！

姐抱的生身娘葛桑叶因此没能再进他家的大门，便是抱着姐抱生身娘的生身爹来情绪，也进不了自家的大门了。来姓门里人的道理是简单的，也是直白的，他们说这都为来家的后世着想，咱不能顾了先人，而不顾后世。后世的日子长着哩，先人的心都是朝下长着的，为了后人的好，先人不会计较！

抱着姐抱生身娘的来情绪，与来姓门里人在他家大门口对峙了好一会儿，但他慢慢地听了来姓门里人的话，服软下来，转身在家门外准备给姐抱的生身娘葛桑叶搭个临时的帐篷时，他自己眼前一黑，膝盖一软，跪趴下来，竟如姐抱的生身娘一样，把自己也冰冷成了一具尸体。

哀了再哀，痛了再痛……在送埋生身爹来情绪和生身娘葛桑叶的日子里，姐抱有姐姐屈文艺陪在身边，他感觉好了些。姐抱后来想象，如果没有姐姐屈文艺陪着他，他不知怎么熬过那凄惨哀伤的日子！

姐抱悲伤流泪，姐姐屈文艺手抚他的腰背，轻唤她的弟弟。

屈文艺的声音非常柔：弟弟。

屈文艺的声音十分暖：弟弟。

姐抱听得出来，姐姐屈文艺怕他太过伤心，是用轻唤他的方式在抚慰他，使他不至于伤心过度，再出什么不测。姐抱在姐姐屈文艺的抚慰下，哭过了，不流泪了，姐姐屈文艺还要抚他的腰背，轻声唤他弟弟的。

屈文艺的声音还是那么软：弟弟。

屈文艺的声音还是那么柔：弟弟。

姐抱自然还听得出来，姐姐屈文艺也是哀痛悲伤的。她所以要轻轻柔柔地呼唤他，是为了使他保持理性，提醒他：亡人已矣，你还有未来，要振作起来哩。

有来姓门中人的协助，更有屈精神等凤栖镇上的乡亲们帮助，姐抱的生身爹和生身娘入土为安，顺顺当当地掩埋进了凤栖镇的官坟里。大家扛镢头揹锨，背绳索拿抬杠，往凤栖镇里回了。

姐抱作为孝子，穿着一身粗白的孝服，在姐姐的陪伴下，在大家回凤栖镇的大路边跪着，一次次地叩头，答谢帮了他忙的人，答谢到最后，就只剩下了姐姐，他给姐姐屈文艺也叩了头。

叩头时他像姐姐一样地呼唤她。

姐抱的呼唤，如姐姐呼唤他时一样柔一样暖：姐姐。

姐抱的呼唤，如姐姐呼唤他时一样软一样弱：姐姐。

轮椅上的姐抱这么叫着姐姐时，让姐姐的心像是一块透明的玻璃，被什么看不见的东西撞得碎碎的。屈文艺回应着姐抱，想要安慰他。

屈文艺说：你有姐姐哩！

屈文艺说：姐姐在你身边哩。

姐抱感动姐姐的安慰，就说：咱还有娘哩！

姐抱说：咱还有爸哩！

屈文艺带着强化性的语气，应和着弟弟姐抱。她说：对着呢，咱有娘有爸。

他们的娘常水香，他们的爸屈精神，没有随着葬埋姐抱生身爹、生身娘的队伍一起来，他俩落在了最后边，这是因为屈精神知道他还有事要做，那就是给姐抱的生身爹、生身娘圆坟。

凤栖镇上的乡亲们，一起葬埋姐抱的生身爹和生身娘，起的坟头再怎么有型，依照古周原上的习俗，最后都要有人圆一圆坟堆的。这样一个事项，最好的人选就是做儿子的姐抱了。身体残疾的姐抱，是没法完成这一重要使命的，但这一事项又不能少了，少了就是对死者的最大不尊重，所以屈精神就自觉自愿地留下来做了。

姐抱的生身爹、生身娘的坟堆，起的都是新土，屈精神为两人圆坟圆得特别仔细，是个土块呢，他就举起铁锨，把土块拍碎；是处凹坑呢，他就用锨撮起土来，填进凹坑里；还有杂乱的草根什么的，他都要伸了手去捡拾出来。屈文艺的生身娘伴着自己的男人，也学着男人的样子，给姐抱的生身爹、生身娘圆坟。但她一边帮助男人圆着坟，一边要侧过脸来，观察着她的男人。

屈文艺的生身娘啊，是个善良的人，在姐抱的生身父母双双过世后，她是更加疼爱残疾的姐抱，不过他有了一个新的发现，姐抱没了生身父母，而她的男人，似乎如姐抱一般痛苦难过。

屈文艺的生身娘为自己的发现而困惑，她没敢在男人的面前说出来，但她自己在内心是要问了呢，就在为姐抱的父母圆坟的现场，她又一次默默地问自己了。

屈文艺的生身娘自己在心里问：屈精神啊，你是咋的了？

十五

　　屈精神几天来，总是莫名地痛苦，莫名地难过，他隐隐约约感知到，姐抱生身爹的死，他是有责任的，他不该把民办转公办的好事让给他，使他当上了公办教师。正因如此，让他从此背上了一个沉重的包袱，心理的压力特别大，在学校里躲着不敢见他，实在躲不过见了他，更表现得低眉顺眼，并低声下气地要给他道歉。

　　来情绪道歉说：我错了。

　　来情绪道歉说：那是你的好事哩！

　　来情绪道歉说：我把你的好事占了！

　　屈精神不要来情绪道歉，因此还几次找到他，给他谈话，坦诚地告诉他：咱俩民办转公办谁转不是转，你来情绪转早一点是个机会，晚转可能就没有机会了。我与你不一样，我应该还有机会哩，晚转就晚转些时日吧！

　　来情绪听了屈精神的谈话，情绪会好那么几天，但随着时日的过去，一年又一年，再未见到民办转公办的机会，来情绪的情绪就没法好了。他又表现得不敢见屈精神了，见到了就要低眉顺眼、低声下气地道歉。长此以往，来情绪终于把他的情绪搞得特别坏，坏的情绪不断发酵，到他把走失了的姐抱生身娘的尸体找寻回来，便情绪全面崩溃，走完了他的人生路。

　　这么想着，屈精神无法解脱地为了来情绪的死，担起了一份责任。

不过屈精神的心胸，要比来情绪宽广很多，他不会为了这一份责任而压迫得自己无所适从，他痛苦着，并在心里谋划着，以为他是时候辞去民办教师的资格，辞去他在凤栖小学教导主任的职务，回到家里来，当好一个他一直想要脱离却总是脱离不开土地的农民。

大趋势在变化，守在土地上，当个现代化的农民将是一件很有价值、很有意义的事情呢！

颇有时代眼光的屈精神，从"姐抱"的网络账号上，已经十分清晰地看到，那会是一个阳光灿烂、大有可为的事业！

屈精神没有拖泥带水，想到便做到，他一纸辞职报告打上去，不等上级组织批复下来，就从他奋斗了大半生的凤栖镇小学，卷起铺盖回了家，与姐抱商量着在凤栖镇工商所，注册了一家线上线下结合运行的"姐抱"乡村文化发展公司。

屈精神没给姐抱说，但他心里清楚，唯有如此，既是对姐抱死了的生身爹、生身娘一个责任上的交代，也是对姐抱未来人生的有力支撑。屈精神没给姐抱说，不知姐抱能否领悟到，但女儿是敏锐地领悟到了。

屈文艺因此赞美父亲说：还是我老爸勇敢，有魄力！

屈文艺说：一条路走到黑，是一种活法。

屈文艺说：开拓出一条新的道路来走，说不准道更宽、路更广。

屈文艺赞美着她老爸时，正是她老爸与姐抱协定"姐抱"

乡村文化发展公司的时候，作为姐姐的屈文艺，就站在姐抱的身后，她扶着轮椅的两个把手，说着话侧身过来低下头，绕过姐抱的脑袋，在他的脸蛋上，真如姐姐一般亲了一口。

屈文艺亲在姐抱脸蛋上的那一口，可是太响了！

"叭"的一声哩，把姐抱吓着了。她老爸自然也听见了，他老人家听见了吓没吓着，屈文艺无法判断，她只看见她老爸背过脸去，并没有完全躲开，而是缓了缓气息，转过身来与姐抱做进一步地商量了。他俩商量的结果是，"姐抱"乡村文化发展公司，由他自己担任董事长，统筹公司的全部业务，姐抱担任总经理，全面负责公司的业务运营。

几十天的一个暑假，屈文艺没能置身事外，她自觉地参与进了老爸和弟弟草创的"姐抱"乡村文化发展公司的业务中来，忙得没有了白天，也没有了晚上，一大摊子的事情啊，跟着人的屁股来，缠在人的身上，任谁都必须全力以赴才能应付下来。别的不说了，"姐抱"网络账号的粉丝们，按图索骥，纷至沓来，聚集在凤栖镇上，仅仅是安排粉丝们的吃、住和参观游览，让人烦琐忙乱得都要四脚朝天了！

但这又有什么呢？难道不正是他们所希望的吗？！

屈文艺惊喜地发现，她老爸未雨绸缪，对此早已做了仔细的准备。先说这吃吧，屈精神在凤栖镇上考察过了，谁家的凉皮做得好，谁家的锅盔烙得好，谁家的面食最有特色，全都摸了个透。再是他自己家的蚕蛹、酱猪蹄，与镇子上几家有影响的餐馆里卖出了名堂的葫芦鸡、猪肘子，以及"十八花"什么的，放在一起梳理了一下，交给姐抱，让他在网络账号"姐抱"上，图文并茂地宣传推广开了。与此同时，他则与上了"姐抱"网络账号的人家和餐馆一起讨论，制定出了凉皮、锅盔、面食，以及凤栖镇上其他特色食品的定价规则，明码标价，互通有无，保证来到凤栖镇上的客人，食用到最地道的凤栖镇美食。

住也一样，凤栖镇原有的两家旅馆，显然不能满足现实的需求，因此开发民宿成了当务之急。屈精神知道镇子上谁家的卫生情况好，谁家的人热情好客，他掰着手指头，把那些人家算出来，召集他们坐在一起开会，发扬民主，选举出了一个管理团队，形成了统一的民宿联盟，既相互监督检查，又相互学习，取长补短，务必使来客享受到宾至如归的感觉。

安排好了吃和住，接下来就是游客们的玩乐了。

有什么好玩的？有什么好乐的？成了屈精神面临的一个突出问题！

十六

解决好玩与乐的问题，不是姐抱在他的网络账号"姐抱"上讲故事那么简单，当然更不是屈精神以他一己的力量可以做到的。

他们需要镇政府的帮助与支持。

好在镇政府从日益涌来凤栖镇的"姐抱"粉丝群里，敏锐地看到了发展凤栖镇乡村旅游的强劲商机。他们班子里的人，有几位就曾是屈精神的学生，没等屈老师上门，就自己来找屈老师了。他们来找屈老师的时候，县里文化旅游主管部门，也从网络上发现了"姐抱"的网络账号，一日红似一日，几乎是大红大紫了呢！他们派出专家组，也到凤栖镇来了，会同镇政府一起，与屈精神和姐抱，一起研讨发展壮大网络账号"姐抱"带来的乡村旅游文化产业前景和亟须解决的问题。

前景是参加研讨会的人公认的，会越来越好。

而要解决的问题则还有许多，最根本的有两条：一是姐抱在网络账号"姐抱"上讲的故事，引人入胜，让人浮想联翩，而这些故事的载体，就是凤栖河以及凤栖河谷原有的马头娘娘庙和凤女祠，年久失修，太破败了，必须尽快修复出来，让游客们兴冲冲地来，真实可感地看得到……这其中，修旧如旧是个原则，也就是必须在原来的基础上，以独有的窑洞模式来进行。这个问题，镇政府自觉担当了下来。再是交通问题，县上来凤栖镇调研的领导，承诺他们回到县上去，将协调有关方面，积极调整往返凤栖镇的公共班车。

在解决好这许多触手可及的问题时，屈精神还就凤栖河景区的规划，以及权、责、利的问题，与各方积极沟通，签署了一份有法律保障的合约。

种种紧锣密鼓的行动，虽然在强力推动着，但还是落后于纷至沓来的游人。大家都是冲着"姐抱"网络账号里讲的故事，一波一波来的。他们来了，吃没有了问题，住没有了问题，问题是姐抱自己，他要面对情绪高涨的粉丝，陪他们照相，带他们到修复着的马头娘娘庙和凤女祠等景区去，给他们讲他在"姐抱"网络账号上讲过的故事，这可是太累人了。

便是一个健康的人，也会累得受不了呢！

幸好有屈文艺在，暑假里的她，没有什么事情好干，就一刻不落地陪在姐抱的身边，与他一起接待他的粉丝们。

屈文艺真的佩服姐抱讲故事的能力，一个被他讲过了的故事，当着他的粉丝们的面来讲，又被讲出新的意境来。譬如他在凤女祠，给大家讲"吹箫引凤"的故事时，竟还有根有据地说了，神鸟凤凰的娘家在秦岭深处的凤州，世有圣主，天下太平，国富民乐，她就会浴火重生，展翅飞出深山，来到老百姓中间，考察老百姓的生活……他讲到"浴火"二字时，还要解释说，与我们常见的"涅槃"异曲同工，大致意思为自在、不生不灭。姐抱把对凤凰的解释，进一步与兴盛在古周原上的周文明联系在了一起。他说周家天子在古周原上建立的王朝，以民为本，达到了神鸟凤凰所理想的境界，凤凰不畏牺牲，经受了一番烈火的煎熬，喜获重生，飞出崇山峻岭，飞临周原大地……美丽的凤凰，是人世间幸福的使者，她总是要背负人世间所有的不快和仇恨，以自己浴火自焚的形式，唤醒人世的良知和真爱。凤凰的精神就在于此，不惧伤痛，义无反顾，不断追求，升华着自我大爱无疆的气质。

虽然凤栖河谷的旅游景色，还不是很完善，但有姐抱的讲解，差不多可以满足"姐抱"网络账号的粉丝来此一游的需要。

粉丝们来了去了，他们来此感受到的那种纯粹天然的景观，让他们情不自禁地还要在"姐抱"网络账号里跟帖。他们有发照片的，有发文字的，还有图与文并发的，使得"姐抱"的网络账号更加红火热闹了。

为了丰富凤栖镇的旅游资源，姐抱与屈精神协商讨论，决定把凤栖河谷里一些废弃窑洞，清理出来，开办一个乡村生活博物馆。

博物馆广泛征集周原人现已濒临失传的田野生产工具，以及家庭生活用具……这个方案的提出和实施，为姐抱在他的网络账号，再一次打开了一扇更为惹人注目的窗口，而他接下来讲的故事，就根植于这些田野生产工具和家庭生活用具上，组织起专业的团队，策划包装，制作成传播性更强的短视频，有故事，有人物，娓娓道来，不仅突出了那些旧了的生产工具与生活用具的实际功能和现实意义，还全面展示了那些工具、用具的历史价值与渊源流变。

田野生产工具里的大马车、小推车、犁、耧、耱、耙等，多了去了，姐抱用他在网络上惯用的语气，一桩桩一件件，仔细地来发布了。

姐抱说了犁、耙、耱，还说了耧……古周原上使用的为三脚耧，而别的地方用的还有独脚耧、两脚耧，甚至四脚耧。西方的农业史，直到十六世纪时还没有耧这样的播种农具，他们沿袭的只是手播的方式，常常把当年收成的一半，或麦子或稻谷，要留待来年播种。而我们国家发明这种条播的耧，最早可以追溯到公元前二世纪。那时有个名叫赵过的官吏，在他的一部《正论》的书里，就记录下了这样一个片段，说的就是三脚耧，一人一天可播种数百亩地。后来的农学家王祯，对此还做了详细的记述。总之，我国的条播技术比西方国家早了一千七百多年，而收获量更是达到三十余倍。

姐抱在他的网络账号上，结合短视频讲述着耧的历史故事，说他幼年的时候，在凤栖镇适逢秋播的日子，还能见得到乡里乡亲，肩扛着耧，手牵着牛，下到地里去，摇动着的耧斗发出的声响，仿佛天籁般脆亮，而人与牛的合作，则如原始的舞蹈，以大地作舞台，以蓝天作帷幕，给人展现出一种劳动的美来，赏心悦目，永难忘记。

十七

姐抱有太多要讲的故事。他穿插着，是要讲到古周原人家的家庭用具呢。

关于食用的醋，姐抱讲来就也非常有趣，从春尽夏初时节，古周原上包括凤栖镇的人家，都要到凤栖河谷采摘荆条花，把新采的荆条花糅合进醋曲里，发酵到一定程度，敲碎碾细了，与往年预留下来的醋糟拌匀，再加上炒过的大麦、小麦、黑豆、白豆等五谷杂粮，掺入适量的水分，来做第二次发酵。这个时候的讲究就来了，家里人要请出醋神来，供在二次发酵的醋曲上，昼夜香火不断，保佑醋曲的正常发酵。

姐抱讲的醋神，竟然是让古周原人骄傲的姜子牙。

姐抱讲了，姜子牙是他们酿醋人的老祖宗，他在秦岭脚下的蟠溪垂钓了多长时间，没人说得清，大家看到他垂钓的方法很奇特，鱼钩是直的，钩上还没有鱼饵，而且还不入水，悬在距离水面三尺的地方，他就这么坚持垂钓着，把自己垂钓得白发苍苍、胡子老长时，终于钓到了他想钓的"鱼"。这条"鱼儿"不是别人，而是有着雄才大略的周文王！周文王自己引车，把老迈的姜子牙请进京城来，给他儿子武王做了军师，协助武王灭了无道的殷纣王，建立了文明昌盛的大周王朝。姜子牙论功行赏，在凤栖河上游搭台封神，他把天上的神、地下的神，尽数封给了灭商有功的人员，剩下他时，已无神可封，急了的武王询问姜子牙：你把自己忘了吗？姜子牙乐了，他把封神时在他面前放着的一把铜爵双手捧起，一饮而尽，说他就做铜爵所盛之物的神吧！

醋神啊！

周武王会心地一乐，同意了姜子牙的请求，如同姜子牙一般，捧起斟满醋浆的铜爵，送到嘴边上一饮而尽。

姐抱言之凿凿，周朝时所谓饮酒，其实喝的都是醋。

讲着这些离经叛道的故事，姐抱在他的网络账号里，被他的粉丝们哇声拍手叫着好。他就是这样的亦真亦假、如梦似幻地讲着故事，不仅吸引来了更多的游客，还吸引回了苟胜利、郝勤娃。

周末来凤栖镇的游人尤其多，苟胜利和郝勤娃两人就是在一个星期天，夹杂在如织的游人群里，回到凤栖镇上来了。

他俩回到凤栖镇，没先回他们的家，而是先去了镇派出所，这是因为他俩身背着刑罚需要进行社区矫正，到镇派出所报到了，才能回到他们的家。

在陈仓城那家练歌房打工的苟胜利、郝勤娃，因为老板涉嫌容留组织妇女卖淫，被司法机关判刑处理，他俩作为老板的马仔，也领到他俩应得的惩罚，判一缓三，遣送回原籍接受社区矫正。他俩能做什么呢？乖乖地找到已成网红的姐抱面前，蔫头耷脑，请求姐抱收留他俩，姐抱没说不同意，只说他俩有胆量找屈老师吗？如果屈老师同意，他俩就可在他姐抱和屈老师创办的"姐抱"乡村文化发展公司上班了。

公司的成长，确实需要新的人员参加进来。

苟胜利、郝勤娃加入公司来。分配给他俩的任务，就是维持凤栖河景区的安全巡逻。他俩人吃一堑长一智，在他俩安全巡逻的岗位上，倒是尽职尽责，做得很是有点起色。

陈仓教育学院先从"姐抱"的网络账号上与姐抱协商了，就派人来凤栖镇接姐抱到他们大学，为应届毕业生作报告。

接请姐抱的人，有陈仓教育学院学生处的领导，还有在学生会任职的屈文艺。到这时候，姐抱有点明白过来，他能走进大学来，在陈仓教育学院的礼堂，面对屈文艺一般的毕业生们作报告，很可能是屈文艺的主意哩。

因此姐抱在给大学生报告时，选择了这样一个题目：亲情以及事业。

陈仓教育学院的礼堂规模是不小了，姐抱坐着轮椅被推到主席台上，只是一眼扫去，便让他吃惊不小。不仅台下座无虚席，还有人陆续往里进，过道上、窗台上，也都坐满了人，大学生的手机对着他，哗哗哗哗就是一通拍照。他的心跳在加速，但这并没有影响他的报告，因为他的报告，就是他自身的经历，而他的经历在那一刻，一件件如拷贝在一盘电影胶卷上，清晰地映现在他的眼前，他看得见那一幕幕着色鲜明的景象，他向大学生报告说了。

姐抱说了他的童年。

姐抱说了他的成长。

姐抱说了他网络账号的"姐抱"的由来……姐抱在报告这一切的时候，陈仓教育学院的礼堂里，静悄悄的，有许多大学生已经泪湿了眼眶，有的还发出低声的啜泣……姐抱的报告里，不断地提到一个人，那个人就是他的姐姐，一个与他没有任何血缘关系的姐姐。在报告行将结束的时候，他更大声说了，说他的姐姐就在大学生中间。他请求他的姐姐站起来，到主席台上来，他要大学生朋友认识一下他的姐姐。

姐抱诚恳地说：没有我的姐姐，就没有我的今天。

礼堂里的大学生热烈地鼓起掌来，那掌声像浪潮一样，一浪高过一浪，经久不息。姐抱的姐姐屈文艺，在大学同学的掌声里站起来了，她捋了捋头发，向礼堂的主席台走去。

走上主席台的屈文艺，向台下的同学深深鞠了一躬，然后款款走到了姐抱的身边，把她拿在手上的大学本科毕业证书，交到了姐抱的手里……红红的毕业证书，拥在姐抱的胸前是那么鲜艳明亮，台下来听报告的大学生，用他们的手机，哗哗哗哗地又是一阵拍摄，那拍摄时的闪光，像是洒向姐抱和屈文艺的流星雨。

姐抱在这个时候深情地叫了屈文艺一声"姐姐"。

姐抱叫了屈文艺后，还说了一句话，因为是在麦克风前说的，因此传遍了整个礼堂，在扩音极佳的礼堂里。

姐抱说：姐姐，我爱你！

屈文艺双手搭在姐抱的肩头上，她像姐抱一样回应了他。

屈文艺说：弟弟，我也爱你！

2019 年 12 月 28 日西安曲江

2020 年 5 月 20 日稿讫西安曲江

燕子，燕子飞

一

远亲不如近邻。鲜本求在村里给人这么说时，没人不赞成他说得好，说得对，说到了大家的心坎上。

安小旺的媳妇甄燕燕夜里在家生产，按照"落草而生"的习俗，男人安小旺背回家来一大背篓的散麦草，铺在他家土炕跟脚，让甄燕燕移身在散麦草上生产。横生的胎儿，让要做母亲的甄燕燕，把她的头发撕扯得比麦草还散。村里的接生婆既不忍心，又无计可施，这就隔着一层薄薄的门帘，绝望地给安小旺说上了。

接生婆说：要大人？

接生婆说：要娃娃？

守在门帘外边的安小旺，听得懂接生婆的这两声问询。如果"要大人"，就是放弃娃娃；如果"要娃娃"，就是放弃大人。这太可怕了，安小旺的耳朵眼里，像被接生婆猛地射进去了两发带火的枪弹，让他的脑袋突然有种炸裂的痛！安小旺没有配合接生婆的问询，他只按照他的心愿，扯破了嗓子，站在门帘外歇斯底里地吼喊了起来。

安小旺吼了：大人我要！

安小旺喊了：娃娃我也要！

安小旺吼喊：大人娃娃我都要！

与安小旺近邻的鲜本求，白天忙了一天，到晚上睡得正香，牙不咬，屁不放，只是在做他的梦⋯⋯梦里几只小燕子，绕着鲜本求，翻来覆去，像是唱着歌儿一般，清脆明亮地啼叫着，叽叽叽⋯⋯喳喳喳⋯⋯村里承包了陈仓城里的那家大机关茅厕。鲜本求一天时间里，上午一趟，下午一趟，拉着粪车，从大机关的茅厕里，能拉回来两车粪尿。他把粪尿拉回村上来，是要泼进村里的蔬菜地里的，让那些绿汪汪的菜苗儿，吃喝个够。是西红柿，是茄子，就一个生得红，一个生得紫；是黄瓜，是豇豆，就一个生得脆，一个生得鲜；还有芹菜、韭菜、菠菜，等等，无不生得鲜嫩馋人！这是为什么呢？说白了，大机关的伙食好，鸡鸭鱼肉的，在那里上灶的人食用了，拉下来的粪尿，积攒在他们大机关的茅厕里，是比一般地方的粪尿肥……可爱的小燕子，也不嫌弃粪尿的气味冲，只要鲜本求从大机关拉回村上来，往蔬菜地里泼洒的时候，小东西们总会旋旋绕绕地飞了来，旋在鲜本求头顶的蓝天上，绕在鲜本求头顶的白云间。

鲜本求往来在陈仓城里大机关的厕所和村里的蔬菜地之间，经常拉运粪尿浇泼村里的菜苗，不知小燕子可知道，总之他是太知道了。

鲜本求因此要不无骄傲地在村子里买派的。

鲜本求说：人家大机关的粪尿，是不愧大机关的名声呢！

鲜本求说：粪尿上漂着油花花哩！

鲜本求说：肥香肥香的油花花呀！

做着小燕子翩翩旋绕，纷纷翔飞，还有油花花飘香的粪尿梦，鲜本求被安小旺吼喊醒来了。他没有怎么想，就翻身起炕，穿裤子穿袄，也不管裤子穿得可正，袄儿穿得可对，就匆忙跳下炕，跟斗爬步地往隔壁的安小旺屋里跑了。

鲜本求从他家往出跑的时候，居然没忘回头去看他家屋檐下的那窝小燕子。他看见了，梦里的小燕子，正在小燕子衔泥垒筑的燕子窝里，静悄悄地一声不鸣，酣酣地眠着夜晚哩。

鲜本求那么匆匆忙忙地瞥了一眼燕子窝，就一路狂跑，跑进了近邻安小旺的家，听到了接生婆与安小旺的吼喊声。

接生婆重复着她的话，几乎是哀求了：要大人？

接生婆说：要娃娃？

安小旺坚持不改他回答接生婆的话。他吼着回答说：大人我要。

安小旺喊着回答：娃娃我也要。

人生人，吓死人！在乡村社会流传了千百年的这句民谚，赶在这个时候，尖锐地刺激着鲜本求的耳鼓，他不用再问与他近邻的安小旺什么了，知道他媳妇甄燕燕给他们家生产哩。添丁进口，一件喜庆的事情，遭遇到了横生难产，结局就不那么喜庆了，甚至可能酿成一场妻死子亡的大悲剧！情急之中，鲜本求既是对他看见的安小旺吼了，也是对他看不见的接生婆，还有安小旺的媳妇甄燕燕吼喊了。

鲜本求吼：你们都撑着，好好地撑着。

鲜本求喊：我这就去找人来。

鲜本求能找谁呢？他想到了陈仓城里的那家大机关，在这个人命关天的紧要时候，要想获得安小旺"大人我要，娃娃我也要"的理想结果，也许只有那家大机关出手帮忙，才可能完美实现。鲜本求不敢怠慢，想到了就毫不犹豫地去做，因为他敏感地觉到，能抢回一秒钟的时间，对安小旺和他媳妇甄燕燕来说，就多一秒钟的希望……鲜本求往村委会亡命地跑了去。村委会有一部电话机，是他们渭河岸边的滩底村，唯一向外联系的一部电话机哩！鲜本求疯了似的跑，边跑边喊叫，到了村委会门口，也不等住在村委会值班的人开门，便飞起一脚，踹开了关着的门扇，扑进村委会里，抓起电话机，就往陈仓城里的大机关拨打起来了……人家大机关，确实有大机关的风度，深更半夜的电话，鲜本求一拨就通。鲜本求没有客气，直截了当地告诉他们大机关，安小旺的媳妇甄燕燕横生难产，娃娃、大人都危险！说到最后，他加重了语气，给大机关那头接电话的人说了。

鲜本求说：我是天天来你们大机关拉粪尿的鲜本求。

鲜本求说：我和你们任管事最熟了。

那边接电话的人，听出了问题的严重，也听出来鲜本求的底细。他不敢怠慢，当即给他回话了。

接电话的人说：我立即通知市妇产医院。

接电话的人说：我立即告诉任管事。

二

任管事是谁呢？

鲜本求说不清他是大机关里的秘书长，还是大机关的事务长，或者是大机关的什么长。不过他去大机关拉运粪尿，他在与不在，因为有他的吩咐，大机关是都给他留着门的。有时候留的是前门，有时候留的是后门，那是因为大机关的厕所，后边的院子里有，前边的院子里也有。任管事给鲜本求留门，没有别的理由，就是为了鲜本求拉运粪尿便利。

任管事对鲜本求的好，鲜本求一样一样地记着，哪怕他文化程度不高，又瘸了一条腿，走路像划着旱船似的，一条腿摆着，一只胳膊就摇，但那一点都不影响任管事在鲜本求心里的形象！任管事是高大的，是英俊的，是关切人的，是爱着人的。但是，鲜本求却毫没来由地有点怕他，到了大机关拉运粪尿，还尽可能地躲着他。

可是任管事不让鲜本求躲他。

任管事像是与鲜本求早就约好似的，总能在鲜本求到大机关院子的厕所里淘粪尿时，把他一艘旱船似的身体，划拉着划到鲜本求身边来，没话找话地要和鲜本求说几句。鲜本求因此常觉奇怪，奇怪他一个大机关里人称管家的人，是多么贵气呀！他难道不知道厕所里的粪尿臭？不知道他和他鲜本求不一样，他鲜本求就是个拉运臭粪脏尿的人！

来大机关拉运粪尿的鲜本求，对任管事一点办法都没有。

任管事每一次寻着了他，向他问东，向他问西，锅碗瓢盆，家长里短，都是平常事儿，什么地里的麦子过冬没冻着吧？春天来了，麦子起身了吧？什么村里人的日子怎么样？有啥困难吗？鲜本求爱听他问这些话，他有问，他必答……其间任管事把他的纸烟要掏出来，自己衔在嘴上吃，也递给他，让他吃。鲜本求咋能吃他的纸烟呢？烟盒子花花绿绿好看，烟卷儿白白净净好吃。鲜本求在任管事拿着纸烟给他时，还没衔在嘴上吃，就会有一股子奇异的香味，往他的鼻孔里钻，让他是要香得打喷嚏哩！

鲜本求是有自知之明的，哪能随便接人家的纸烟吃呢？他尽力地来躲任管事了，可他是躲不过的，就只有客随主便，接到手上吃了。

吃了任管事的纸烟，任管事问他话，他就觉得更体己。

在这样的一种氛围里，鲜本求便毫无拘束，心里有什么话，就都铁桶倒豆子，丁零当啷地给任管事说了。

鲜本求记得最有趣的一次，是他到大机关拉粪尿，在村里的蔬菜地头，顺手摘了一撮豆角，还有一撮蒜薹，以及一把葱苗和一把小青菜，用菜地边的马兰草，扎绑好了，挂在他拉运粪尿的架子车辕梢上，一路鲜鲜嫩嫩地走进了大机关，见着了在大机关院子里的任管事。他从架子车上的辕梢上，解下他带来的新鲜蔬菜，递到任管事的手上，要他拿着回家去，给他家的锅灶上添点新鲜。

任管事没有拒绝鲜本求的好意，他把鲜本求递给他的新鲜蔬菜，接到了手里，翻着看了看，又凑到他的鼻子下，凑近了嗅。他那么看着嗅着，不能自禁地把鲜本求递给他的菜蔬夸赞上了。

任管事夸着说：真格新鲜呢！

鲜本求说：刚从地里摘来的。

任管事赞着说：真格香哩！

鲜本求说：都是你们大机关粪尿好，拉运回菜地边，泼浇在菜地里长出来的。

实话实说，鲜本求回答任管事的话，没有一点点的虚，可他说出来后，却意识到了问题。鲜本求就脸烧烧地红，把他的手抬起来，捂在了他的嘴上，低下了头，想要观察任管事听了他话的感觉，却又不敢看，把他难为情得恨不得找个地缝钻进去。

鲜本求怕任管事把他说的话理解错了，会想到别的方向去。

偏偏是，鲜本求怕什么，任管事就想到了那个方面。

任管事开口了。他说：你带给我的是一大把粪尿了。

任管事还说：一大把新鲜的、保留着原始菜香的粪尿啊！

任管事再说：我们机关灶上，今后就只吃粪尿的蔬菜。

窘迫不堪的鲜本求，被任管事的几句话，救活了过来。他红得流血的脸也顿然地退着潮，并大着胆子抬起头来，眼望着善解人意的任管事，开心地答应着他，说他们一定听任管事的话，保证大机关的灶头上，吃得到他们村的新鲜蔬菜。

鲜本求尽可能地规避着"粪尿"俩字眼，但任管事却没有，他坚持着他们开头说的话。

任管事说：粪尿蔬菜。

任管事说：地道的粪尿蔬菜。

把"粪尿"俩字强调到这个份儿上，也许只有任管事一个人了呢！不过鲜本求承认任管事强调得有道理，社会的发展、科技的进步，使得化学肥料种植的蔬菜，以其不可抵制的势头，迅猛地侵蚀着粪尿种植的蔬菜。鲜本求说不明白化学肥料种植的蔬菜，比起粪尿种植的蔬菜，有什么不同。但是被任管事这么一说，他突然地有所觉悟，发现化学肥料种植的蔬菜，在产量上，有时还要高过粪尿种植的蔬菜，而且还可能比粪尿种植的蔬菜生长得快一些。但是问题来了，因为产量的增加，成熟期的加快，导致化学肥料种的蔬菜，在口感上，变得没有粪尿种植的蔬菜醇厚地道。

瘸着一条腿的任管事，他的嘴巴是够刁的呢。

任管事向鲜本求明确指出，要由他们村给大机关灶上供应粪尿蔬菜，鲜本求没有不答应的道理。他拉运着大机关院子里厕所的人粪尿，浇灌着村上的蔬菜地，他就必须信守诺言，老老实实地给大机关灶上供应粪尿蔬菜了。

因为粪尿蔬菜的关系，鲜本求与任管事的友谊，一天一天地深化着，到了他的近邻安小旺媳妇甄燕燕横生难产，鲜本求本能地就想起了大机关和在大机关里的任管事。

三

任管事最先来到鲜本求求救的渭河岸边的滩地村。

任管事是坐着一辆帆布敞篷的吉普车来的，鲜本求在滩地村的村口接着了任管事，他想与任管事乘坐着吉普车再往村里的安小旺家去的。任管事却弃车下来，问了鲜本求一个问题，他问妇产医院的医生来了没有？鲜本求回答，还没有。任管事便嘱咐吉普车司机，转过车头，打开车灯，让他往来路上照，努力地照，能照多远照多远……任管事所以有此作为，用他的话说，他走在前头是没有用的。村里的媳妇横生难产，等的是市妇产医院的医生，他们来了，横生难产的甄燕燕和她生产的娃娃才有救。妇产医院的医生们，是追在他的后面了，他要先到的吉普车给他们照亮，引导他们向正确的路上来，来得快一点，越快越好。

看着吉普车司机把车头回转了过去，向着来路，射出两道灿灿的白光，照得远了便聚结在一起，汇成一道光灿壮阔的通道，继续地向前照着⋯⋯远远地照见了一辆救护车，"呜啊呜啊"地嘶叫着飞驰来了。

救护车快到村口时，任管事又指挥吉普车给救护车让出道来，推着鲜本求上到救护车的驾驶座一边，让他给救护车带路，去了安小旺的家。

谢天谢地，妇产医院医生的职业技术是精湛的，加之救护车上设备和药品的完善，横生难产的安小旺媳妇甄燕燕和他们的娃娃，就都有惊无险地度过了鬼门关，新生儿从娘胎里滑落下来发出的那一声啼哭，是太嘹亮了！

在婴儿嘹亮的啼哭声里，守在安小旺家院门外的鲜本求，看见任管事哭了。

在任管事没哭的时候，因为焦急，他把他变得像头磨道里的驴子一样，皱着眉头，一直在安小旺家门口兜圈子，那条瘸腿摆着，还有胳膊跟着瘸腿的节奏摇着，摇得激烈，摆得激烈⋯⋯吉普车的司机下车来，想要撒尿，被兜圈子的任管事吼上了他的驾驶座，要他不要离开他的岗位，小心妇产医院的医生有什么急需，吉普车就要立即出动，争分夺秒地完成急需完成的任务。

婴儿的啼哭，惹得任管事哭了。

哭了的任管事，在陪在他身边的鲜本求身上，拍了一巴掌，什么话都没说，径自爬上严阵以待的吉普车。没等司机按喇叭，他自己伸手在方向盘装置着喇叭按钮的地方，长长地按响了一阵，这便回他的大机关去了。

安小旺的新生儿子要过满月了，他托付鲜本求请任管事，他们一家人要感谢任管事哩。

在大机关拉粪尿的鲜本求，带着安小旺一家的嘱咐，把任管事诚心诚意请了，却没有请得来。当时的情景，让鲜本求纳闷，受托邀请的任管事像是忘了还有那一场事似的，反问鲜本求了。

任管事说：安小旺是谁？他请我？

任管事说：他请我做什么？

鲜本求睁大了眼睛，他是不解的，想着要给任管事仔细解释时，却被任管事嘴里说出来的话，把他要解释的话，完全堵回了他的喉咙眼里。

任管事说：人都有自己的难处哩。

任管事说：而且还是人命关天的难处哩！

任管事说：大机关的职责，可不就是为人排忧解难吗？

听着任管事的话，鲜本求就只有感动了。他在给安小旺转达任管事的态度时，多加了两句话。

鲜本求说：好人啊！

鲜本求说：他不愧是大机关的人。

不愧是大机关人的任管事，鲜本求和安小旺盛情请他没有来，却在多年后的一个日子里，悄没声地到他们以种植蔬菜为主业的滩地村来了。

与任管事一起来的，还有一位容貌端庄、举止稳健的人。

他俩一到滩地村来，就被村里人认出来了。这是因为那位容貌端庄、举止稳健的人，隔三岔五地要上报纸，要上电台电视台，大家知道他是大机关的首长哩！所以他俩刚一进滩地村，就被村里认出了他们的村民，围了个水泄不通。他们问候着村民，村民也问候着他们，相互的气氛是热烈融洽的，是和谐美好的。

在这样的氛围里，瘸着一条腿的任管事，问到了一个问题。

任管事说：首长关心咱们村上的粪尿蔬菜，他下到村上考察来了。

任管事的话，把围在他们身边的滩地村人，一下子问懵懂了。

乐着的村里人七嘴八舌，围绕着粪尿蔬菜的话题，你一言他一语地说了起来。

有人说：粪尿好不好，地里的蔬菜知道。

有人说：人的舌头尖子也知道。

四

任管事陪同大机关首长来渭河滩地村的消息，没上报纸，没上广播电视，却像生了翅膀一般，传遍了滩地村。

在菜地里务劳菜苗的鲜本求自然听到了。他听到后，心里想着要从菜地里出来，回村里去见任管事和大机关首长的，但他的两条腿，却如灌了铅一般，硬硬地杵在菜地里没有动。这是因为他的自信，他自信任管事和大机关首长，过不了多会儿，自会寻到他的菜地来的呢。

鲜本求所以有此自信，是因为他知道，对粪尿种植的蔬菜颇感兴趣的任管事有些年头，是吃不到嘴边了。

现在的市场上，充斥着的都是化学肥料种植的蔬菜。当然，这还怪不得化学肥料，乡村实行土地承包责任制，原来大片相连的土地，一户一户地分到了个人家里，政策规定，还要坚持长期不变。鲜本求像滩地村的人家一样，也分到了一片自己家的责任田。与农村土地承包责任制几乎同时，繁华城市里的厕所改造行动，也如火如荼地开展着。原来的水厕，呼啦啦砸了去，换装上了抽水马桶……鲜本求耳不聋、眼不花，他听得懂，也看得见厕改行动的宣传，把原来的水厕，贬损得多么落后，多么不卫生，严重影响着城市的容颜，还有城市的环境。而抽水马桶就不一样了，是进步的、先进的，既是科学技术的一大成长，更是社会生活的一大享受。有的宣传东拉西扯，甚至拉扯出一位英国的教士，那位名叫约翰·哈林顿的人，说他天才地发明了抽水马桶，发明成功后，镀金镀银地做出一个，先敬献给了他的教母——伊丽莎白一世女王。听听看，那是多么高贵的事情啊！人家女王的屁股最先享受了呢！大趋势使然，因为大机关带头实行了厕改，就再没有了鲜本求拉运的粪尿了。

没有了粪尿可以拉运，鲜本求差不多就断了大机关的路。

路虽断了，心却没断。鲜本求经常会想起任管事，想他一个大机关的管事，一点没有大机关人的架子，为人是那么随和，心肠是那么善良……鲜本求忘不了任管事，而且他还相信，任管事也不会忘了他。难道不是吗？就在今天，就在当下，任管事陪着他们大机关的首长，到他们渭河边的滩地村调研来了，就是一个证明。

应该说，鲜本求的这点自信，确实有他自信的基础，一天见不着来大机关送蔬菜、拉粪尿的鲜本求，任管事在大机关里，就觉得欠缺了什么。任管事像鲜本求一样，确实是想着他的呢。一天不见想一天，三天不见想三天，一月不见想一月，一年不见想一年……长此以往地想着，任管事把鲜本求刻画在了他的心里，惦念着他鲜本求哩。

任管事是既惦念鲜本求一个大活人，还惦念他的粪尿蔬菜。

惦念的不断积累，促成了任管事陪同大机关的首长，前来滩地村调研的行动……在滩地村里，任管事和大机关的首长，与热情的村民，扯了些他们想要调研到的话题后，便问起了鲜本求。安小旺当时就在围着任管事和大机关首长的村民中，他踊跃地向任管事和大机关首长，毫无保留地反映了他的心声。安小旺说他感激党的政策，感激党的干部，关心群众生活，是人民群众的贴心人。

安小旺在向任管事和大机关首长表达心声的时候，他当年横生难产的儿子安恩给，就虎头虎脑地依偎在他的身边，听他爸说着话，小家伙的脸上乐得开了花一样。他听他爸说完话，把他爸的手拉着摇了摇，见他爸没啥感觉，就自己转身走了。

安恩给是去上学读书了。要参加中考了，哪怕是星期天，安恩给也有老师给他们安排的功课，复习数学复习语文……没玩没休，都是复习。

安小旺还沉浸在他说的心里话中，因为是发自肺腑说的，就把他说得眼泪巴巴……安小旺的肺腑之言，当下引起了围在任管事和大机关首长身边的滩地村人的共鸣。嘴快的那一个，还要伸手去拽过安小旺的儿子，他没有拽得到，就指着安小旺上学去的儿子，给任管事和大机关首长介绍了。

嘴快的那个人说：安小旺的儿子，就是党的领导干部热心关怀的产物哩。

嘴快人的话，把在场的人，包括任管事和大机关首长，都说得大笑起来。任管事这个时候，也关心起了安小旺的儿子。他的眼睛追着走远了的小家伙，简单地给首长说了当时的情况，这便使首长若有所思地抬起眼睛，也向小家伙看了去。

首长看着安小旺活蹦乱跳的儿子，深有感触地说了这样两句话。

首长说：我们党员干部，每时每刻都要心怀群众。

首长说：我们心怀群众，群众也才会心怀我们。

首长说的两句话，说得滩地村的街头上，爆发出了一片雷鸣般的掌声。

在村民们的掌声里，任管事问起了鲜本求。

任管事说：你们滩地村的鲜本求呢？

安小旺抢着给任管事说了。

安小旺说：鲜本求在他的责任田里哩。

安小旺说：他的责任田里种植的都是蔬菜，他把蔬菜地当成他的家了。

五

四周的木栅栏矮墙，牵挂满了刺玫花，应季而发，姹紫嫣红，霎时闹热……任管事熟悉当地常见的刺玫花，不像市面上流行的玫瑰花，枝股粗壮，花朵硕大，土生土长的刺玫花做不到，枝股是纤柔的，花朵是细碎的，倒成了刺玫花的一种优势，不仅枝股生得紧密韧长，花朵也生得繁密鲜活，任管事远远看见了，竟然满怀诗意，在他心里学着大首长时常说话的风格，赞叹了一句。

任管事赞叹的话是：芳香乡野，田园人家。

任管事之所以有此赞叹，是他相信了安小旺说的话，鲜本求把他的蔬菜园子，真的务劳成他的家了。

在刺玫花包围的蔬菜园里，任管事看见青砖红瓦，鲜本求还立起了一座小小的却也堪称典雅的菜园房。待任管事陪着大机关首长，走近鲜本求的蔬菜园子时，他还看见两三只小燕子，舒缓地飞着，飞到了鲜本求的菜园房下，叽叽喳喳叫个不停……小燕子那活泼伶俐的样子，为鲜本求的蔬菜地，平添了无限的活力，仿佛满园嫩绿的菜苗，在绽放着的刺玫花映衬下，显得更加青翠葱茏，更加鲜艳欲滴！任管事的眼睛追逐着翩然飞翔的小燕子，发现那些轻盈灵动的小家伙们，左盘旋，右转弯，最后落在菜园房的屋檐下那处泥巴垒筑的窝巢边，唤醒窝巢里的几只雏燕，张大了黄色的嘴巴，放任着雏燕在它们的嘴巴里一啄一啄，掏着小虫子吃。

可爱的小燕子啊！不仅吸引了任管事，还吸引了与任管事一起来的大首长。

大机关的首长，之所以被燕子吸引，是他触景生情，想起了唐人刘禹锡所写的《乌衣巷》。他想着，竟然情不自禁地念出了声：

朱雀桥边野草花，乌衣巷口夕阳斜。
旧时王谢堂前燕，飞入寻常百姓家。

任管事最敬佩大机关首长的地方，就在于他的知识渊博，让他时常于惊叹之余，获得一次次绝妙的学习机会。

在首长念出《乌衣巷》的诗句后，任管事就开口向首长请教了。而首长也是诲人不倦的，他简明扼要地给任管事说了。首长说诗人刘禹锡当年在今天的南京城，走在秦淮河边，眼见恋着旧巢的小燕子，不论世事如何沧桑，荣辱如何变化，富贵，还是贫贱，它都不改自己的天性，年年岁岁，南来北往，最好的栖居地，还是它气味相投的旧巢。

首长的解释，任管事是服气的，但他却又提出了这样一个问题。

任管事说：咱们大机关呢？怎么就不见小燕子呀？

任管事说：倒是鲜本求的菜园房，既是他的安身处，又是小燕子的落脚地。

任管事的问题似乎不是很难，却让知识渊博的首长，顿然愣怔起来，答不出来了。

不过，任管事与大机关的首长，没有在这个议题上太纠缠。他们议论着鲜本求蔬菜园子里的小燕子，议论着已经跨进了蔬菜园子，让听到了他俩议论的鲜本求，扔下抓在手里给蔬菜苗施撒着的化学肥料，向他们近了来，给了他俩一个答案。

鲜本求说：小燕子就这脾气。

鲜本求说：它太任性了，喜欢的是烟火气，秉持的是寻常心。

鲜本求的回答，有没有道理呢？任管事不好说，首长是能说的。他把近着他俩来的鲜本求，认真地看了一眼，大以为然地夸奖起了鲜本求。

首长说：智慧在民间。

首长说：礼失而求诸野！我们的老祖宗说得好啊。

任管事头一回听首长说了这么一句文绉绉的话，他似乎听懂了，又似乎懵懂着。就插话进来，向首长讨问了。

任管事说：谁说的话呢？

任管事说：是不耻下问，向基层的老百姓讨教了？

任管事说：我赞成这样的话。

首长承认任管事领会得对，他笑着说他了。

首长说：就是这个意思。

首长说：我们永远要听老百姓的话。

首长和任管事的对话，一字不落地灌输进了鲜本求的耳朵里，他脸红了。虽然红着脸，却还不改他说话的风格，大胆地看向大机关首长和任管事，就又照着他心里想的，给任管事和大首长说了。

鲜本求说：就来了你们俩？

任管事抢在大机关首长的前头，回答鲜本求的问题了。

任管事说：你喜欢来得人多吗？

鲜本求说：那倒不是。

任管事说：我听人说，人多了不治水。

任管事说：今日礼拜天，首长有点空闲，我提议他下来看看，没想到首长还真来了。

鲜本求说：来看我给蔬菜施用化学肥料吗？

这是一个问题呢。任管事不无遗憾地皱了皱眉头，把他心里的困惑，当着首长与鲜本求的面，既像给首长，又像给鲜本求说了。

任管事说：你不再来咱大机关拉粪尿，我是见不上你人了，也见不上你的粪尿蔬菜了。

任管事说：这让我难受。

任管事说：我是馋你的粪尿蔬菜了。

鲜本求为他不能给任管事他们供应粪尿蔬菜而抱愧，苦着脸给任管事和大机关首长说了。他说大势如此，他们找不到足够多的人粪尿，就只有使用化学肥料了。他抱愧地说着，抬手指向他刺玫花灿亮的栅栏墙，让任管事和首长看他围在木栅栏边，靠着大路的一个小小的公厕。任管事和大机关首长，看见鲜本求围起的小公厕，像他蔬菜地周边的木栅栏一样，也爬满了红红黄黄盛开着的刺玫花……鲜本求说他只有用这个办法，收纳过路人的粪尿。

鲜本求不无遗憾地说：种植蔬菜，人的粪尿到了现在，是太稀缺，是太珍贵了。

任管事夸赞了鲜本求。他说：还是你聪慧，有办法。

鲜本求不要任管事夸赞他，他说了：如今在他的蔬菜地里，还有粪尿蔬菜。

鲜本求说：我今天就让大家在我的蔬菜地里，饱食一顿粪尿蔬菜宴。

鲜本求话音才落，安小旺和他媳妇甄燕燕，像是与鲜本求早有约定似的，接着鲜本求对任管事和大机关首长的承诺，一头钻进鲜本求花团锦簇的蔬菜园里来了。

安小旺乐呵呵地说：我和我媳妇，今日可以大显身手了。

六

黄瓜拍碎了凉调；胡萝卜细切了凉调；茄子蒸熟了加蒜一起捣烂了凉调；再是西红柿去皮，盖顶十字刀切开，复又盖头撒上白砂糖，蒸在锅里熟着；还有鲜韭切段与草鸡蛋拌好炒了……说来这都不是什么大菜，因为是安小旺和他媳妇"大显身手"的烹调，端在菜园子里露天来吃，倒也别有一番风味，不输馆子里大油大火烧出来的菜肴哩。

刺玫花环绕的一方蔬菜地里，茄子一片，豇豆一片，西红柿一片，还有蒜苗韭菜、小葱菠菜、西葫芦芹菜，各是一片，全都生机盎然，恍如世外桃源似的……作为主人的鲜本求，在他菜园房里出出进进地跑着，把安小旺夫妇从菜园子现摘现做的菜，一件一件，全都摆上了燕子啼鸣的那座小小的屋檐下，让深入到田间地头来的任管事和大机关的首长品尝了。

任管事和大机关首长当然不能自己独享，他俩反客为主，邀请着鲜本求、安小旺夫妇，围坐在屋檐下的一方水泥浇铸的小桌子边，箸来箸去地吃喝了。任管事和大机关的首长，吃一样菜，夸一样味，他俩说安小旺和他的媳妇甄燕燕的手艺，看似朴素简单，少油少盐，却特别新鲜，沁人心脾，透人肌骨，他们可是享到口福了。

居然还有酒，是鲜本求利用菜园地的菜根酿的酒哩。

鲜本求拿出来，还怕任管事和大机关首长，饮用起来不习惯。结果是，粪尿的蔬菜，加上菜根酿的酒，相得益彰，吃喝起来，倒是特别对胃口。

任管事是要发表感想的，他发表感想前，先是情不自禁地"哎哟"了几声，这才说了起来。

任管事说的时候，给自己嘴里沁了一碗酒。因为酒的作用，他说：粪尿蔬菜……菜根酒……

鲜本求的菜根酒是不用杯子来喝的，而是碗，一个一个粗不拉拉的土碗哩。任管事喝得来劲，他喝着还说了呢。

任管事说：粪尿蔬菜，滋味地道哩。

任管事说：菜根酒，想不到菜根竟然也能酿成酒？！

大机关首长受到了任管事感想的影响，他续了上来，说了这样一段话。

首长说：大聪明的人，小事必懵懂；大懵懂的人，小事必伺察。

首长说：盖伺察乃懵懂之根，而懵懂正聪明之窟也。

任管事知晓首长又在念诵古人的话了呢。虽然他听不明白，但他高兴首长嘴里流淌出来的古人的话。他是想要更清楚地知道，在鲜本求的蔬菜园子，首长何以要说这样一段古人的话？他给自己倒满一碗菜根酒，也给鲜本求和安小旺添满了酒碗，吆喝着他们，一起端着敬起了大机关首长。首长没有推辞，也端起菜根酒，与他们仨轻轻触碰了一下碗边，便都仰了脖子，灌进了嘴里。

"人咬菜根，则百事百成。"大机关首长是这么说的。

首长不是卖弄，他是真心有话要说，所以就先依着他念诵出来的《菜根谭》里的那段话，给任管事、鲜本求、安小旺和他媳妇甄燕燕说了。不过他没照搬《菜根谭》里的原话来说，而是说了那位著述了《菜根谭》的明朝人洪迈，说他老人家呀，从来就不说什么大话、空话、鬼话。阅读他的《菜根谭》，知道他说的话，都是从朴素的生活中感悟来的，是人的生活，有烟火气，就如废弃在地的菜根一般，是很耐得咀嚼的，而且越嚼越有嚼头。

首长说着还夸了鲜本求一句。他说："鲜本求了不得呢！"

首长还夸：竟然可以用菜根酿酒来喝。

首长既感慨菜根的奇妙，还感慨鲜本求的用心，他说得一时兴起，就加重语气，把他的感慨都说出来了。

首长说：民心犹如菜根，扎在厚土里，是要我们认真理会的呢。

首长说：不到人民中间来，不食菜根的味道，怎么知道老百姓的生活呀！

首长这么来说，不仅任管事听懂了，鲜本求也听懂了。听懂了大机关首长的话，鲜本求便离开了一会儿，把他刚才在菜畦子里挖菜时扔在菜畦边的小葱根须、韭菜根须、菠菜根须捡了回来，交到安小旺和他媳妇甄燕燕的手里，要他俩把那一堆菜根洗净了，投一撮细盐，斟一勺醋水，点些许油泼辣子，纯纯粹粹地凉拌了，端来让大家吃。

安小旺和他媳妇的手快，在菜园地的屋子里，一会儿的工夫，就把菜根凉调好了端出来，加在大家正吃喝着的凉菜和热菜中间，由鲜本求招呼着大家，你一箸头，他一箸头地吃着、嚼着。

他们吃着、嚼着，回想着大机关首长说的话，似乎真都吃嚼出了别样的滋味来。

安小旺的媳妇甄燕燕，是从古周原上的凤栖镇嫁来滩地村的。平常日子，她寡言少语，总是躲在安小旺的身后，听他怎么说。但在今天，她似乎不能忍了，也要站出来说话了呢。

甄燕燕把她男人安小旺瞥了一眼，就自顾自端起她面前的菜根酒，敬奉任管事了。

甄燕燕对着任管事，只说我把这碗菜根酒喝了，就是敬奉您老人家咧。

甄燕燕说着，就把满满一碗菜根酒倾进了她的嘴巴里。喝罢了头一碗酒，甄燕燕给自己满满地又斟了一碗，向着大机关的首长说了句敬奉的话，也倾进了她的嘴巴里。

甄燕燕大方地喝着菜根酒说：听大首长今天一说，她是明白过来了。

甄燕燕说：老百姓只有活在当官人的心里，才会有好日子过。

到了这个时候，鲜本求才像突然想起什么似的，从水泥浇筑的小桌子边站起来，说他还有一道菜要做哩。安小旺和他媳妇甄燕燕，听鲜本求这么来说，就先自觉站起来，想要他俩动手的，可是鲜本求把他俩按在了桌子边，说他做就好了。

看来这该是道压轴菜了。是个怎样的压轴菜哩？鲜本求往他小燕子喧叫的屋子里走着时，回头给任管事、大机关首长，还有安小旺和他媳妇甄燕燕说了。

鲜本求说：百姓菜。

任管事和大机关首长不知道百姓菜是啥菜，安小旺和他媳妇是知道的，就是他们渭河边上的人家，当然包括他们滩地村，平常日子吃用的土豆熬豆角了。这道菜是非常普通的呢，无非几个新刨出土的土豆，新摘到手的绿豆角，在干锅里熬就好了。熬的时候，一滴油都不放，单靠新鲜土豆和新鲜豆角本身就有的那份新鲜劲，熬就好了。

安小旺和他媳妇也会熬。鲜本求不让他俩上手，他自己亲自熬，应该有他亲自熬的道理哩。

好像小燕子对鲜本求熬着的百姓菜，也有特别的兴趣，扑棱着它们的小翅膀，在蔬菜园房子的屋檐下，扇乎了个欢欢喜喜……从古周原上的凤栖镇嫁来渭河边上滩地村，甄燕燕没有过今天这样的兴致，她与任管事、大机关首长，又畅畅快快地灌了几杯菜根酒，便把她熟悉的一首《诗经》里的诗歌，朗诵了出来。

甄燕燕的朗诵带着非常明显的周原方言味道：

燕燕于飞，差池其羽。

之子于归，远送于野。

瞻望弗及，泣涕如雨。

……

甄燕燕朗诵的是《诗经》里起名《燕燕》的诗篇。她朗诵着时，蔬菜地房檐下的小燕子，像能听懂甄燕燕的朗诵似的，都从窝巢里飞出来，配合着甄燕燕朗诵的节奏，在他们大家的头顶上，一忽儿翩然直飞云端，一忽儿又从云端直飞下来，再一忽儿还旋绕着他们，飞来飞去，如舞似蹈，十分活泼……任管事可以听不懂甄燕燕的朗诵，鲜本求可以听不懂甄燕燕的朗诵，便是甄燕燕的男人安小旺似乎也不大听得懂，但大机关的首长是听懂了的，他注目着朗诵《燕燕》一诗的甄燕燕，等她抑扬顿挫地朗诵罢了，便带头给她鼓了掌。

鼓着掌的大机关首长说：燕燕。

首长说：你就是一只燕燕哩。

首长感叹了这么两句，就还解释甄燕燕朗诵的《燕燕》一诗，如是画工绘画一般，直是写得燕燕神情必显，是时阳春三月，群燕飞翔，蹁跹舞蹈，呢喃鸣唱……你们知道吗，家里的女儿可是要远嫁了，同胞手足，今日分离，此情此景，依依难别啊！

甄燕燕插话进来，与大首长说起她在凤栖镇上做女子时的事情。甄燕燕说镇子上的人，识字不识字的，是都记忆着些

《诗经》里的句子哩。她不知天高地厚，给首长朗诵出来，就是想要活跃一下气氛的。甄燕燕说着，还向大家的酒碗，斟上菜根酒，要喝了呢。

但是大首长这次没有端酒碗，他接着甄燕燕的话，又说上了。

首长是大机关的首长哩，他对甄燕燕说的凤栖镇似乎也很熟悉，就简单地论说了两句凤栖镇，说是《诗经》一书，就还赖古周原上老辈子人的采诗之举哩。首长说着重点谈了《燕燕》一诗，他说这首诗刻画的是一位嫁做人妇的女子，性情温和恭顺，为人谨慎善良，她愿意做夫君的好帮手，使她的夫君成为百姓的好公仆。

首长说的话，让任管事、安小旺、鲜本求他们听着，就都频频点着头。

而就在这个时候，鲜本求把他熬制的百姓菜，完美地熬出来了。

鲜本求没有让大家失望，他把土豆熬豆角的百姓菜，做出来盛在一个大盆子里端来了。新鲜土豆的糯，新鲜豆角的脆，没有下箸，只是搭眼看来，就一清二白，很是吸引人了。

任管事和大机关首长没有等鲜本求让，他们自己就捉箸来吃了。一口土豆，一口豆角，入口来，没有怎么咀嚼，就顺顺滑滑地钻入喉咙，滑进胃里了。

任管事是迫不及待的，他说了：原汁原味，香！

大机关首长跟着说：百姓菜，百姓菜，没油少盐真味道！

就在大家品味百姓菜的时候，安小旺的小儿子，赶在这个时候，从学校里的复习班跑回家，没有找着他的爸妈，就一路小跑地也赶到鲜本求的蔬菜园里来了。

还在滩地村的大街上，任管事就知道了小家伙的名字，他叫恩给。对于他的这个名字，父亲安小旺，母亲甄燕燕起给了他，也明确地告诉了他，让他知道，他的生命，不仅是父母亲给予的，还有他的恩人，鼎力相助给予的呢！

所以，安恩给早就知道陈仓城里有个大机关，大机关里有个任管事。

任管事到滩地村来了，安恩给认识了他，他在村子里的大街上是要给任管事行礼的。当时没有机会，现在有了，他因此一来，就站直在任管事的面前，以少先队员之礼，向任管事敬重地举起了手。

安恩给脖子上的红领巾可真红呀。

随风飘扬着的红领巾，吸引着任管事，他从蔬菜宴的餐桌前站了起来，走到安恩给的身边，捉住了他举起的手，让他放下来，然后又捉住他脖子上系着的红领巾，帮他小心地捋了捋，捋平整了顺在他的胸前。

安小旺的媳妇甄燕燕把一碗土豆熬豆角端出来，爱怜地递给了她儿子安恩给。不过她没有让儿子安恩给吃，而是向她的儿子提了一个要求。

甄燕燕说：儿子，娘刚才朗诵了《诗经》里的《燕燕》。

甄燕燕说：你也朗诵一段吧。

听话的安恩给，就那么端直地站着，朗诵起了《燕燕》：

燕燕于飞，颉之颃之。

之子于归，远于将之。

瞻望弗及，伫立以泣。

……

在安恩给朗诵了一段《燕燕》一诗的句子后，做娘的甄燕燕让儿子吃他端在手里的饭了。要他赶快吃，吃了上学复习去。可是安恩给没有动箸吃，而是贪婪地凑到鼻下嗅了嗅，问了他妈一个问题。

安恩给是跑着来的，他呼哧带喘满脑袋的汗水，急切地问：还有土豆熬豆角吗？

安恩给他妈不知儿子为什么问出这样一个问题，寻找着话题正要回答儿子时，安恩给焦急地说了一个任谁都没法再坐下来吃喝的事儿。

安恩给说：我们学校的教室塌了一个角。

安恩给说：有几个同学受伤了。

安恩给说：我送受伤的同学吃去。

七

来滩地村时，任管事和大机关首长是带了一辆小车的，首长二话没说，当即打发司机拉上安恩给，带着锅灶上所有吃的，前头往塌了一角的学校赶了去。

追在小汽车扬起的黄土灰尘后，任管事和大机关首长，还有鲜本求、安小旺和他媳妇甄燕燕，也都一路跑着去了。受伤的学生在他们赶来时，已被小汽车送走了，他们看到的，只是一个落满了尘灰的塌教室，他们从塌了一角的教室检查起，把滩地村的学校用房，一座一座地都看了，他们看出了那些用房的问题，差不多都已成了危房。大机关的首长与任管事交换了一下眼色，当机立断，在现场做出了一个决定，抽出专人，成立专组，对区域内所有的学校，特别如滩地村这样的乡村学校，开展一场大检查，发现一处危房，解决一处危房，不留死角，绝不能让孩子们坐在危房里读书学习。

时间就是生命，安小旺这些日子，每天到鲜本求的蔬菜园子跑一趟。

安小旺跑了来，先来给鲜本求说，工程队进学校了，再来就说，所有的危房都扒掉了。后来还来，来了给鲜本求说，新的教学用房不是原来的砖呀、土呀、木头呀的结构，是混凝土加钢筋的楼房了，一层一层地起，像陈仓城里的学校一样，也是楼房了。

听着安小旺欣喜到心坎上的话，鲜本求自然也是高兴的，虽然他的孩子都长成了，不在村里的学校读书了，他还是高兴着，因此就做出了一个决定，去他已经生疏的大机关一趟，拜见一下他感动着的任管事，以及那位大机关的首长。

身背着西葫芦黄瓜、西红柿洋葱、茄子豇豆菠菜等粪尿蔬菜，还有小葱菠菜韭菜等几样蔬菜的菜根，鲜本求站在了大机关的大门口，向门卫打听着任管事和大机关首长……断了在大机关拉运粪尿的机会，鲜本求多年后再来大机关的大门口，远远地看着，发现了大门口的陌生和大门口的新鲜。原来他拉着粪尿车自由出进的大门，拆除后做了新的设计，新的建设。鲜本求承认，新的大机关大门，的确比原来的大门气派，比原来的壮观。也许因为这一变化吧，原来的大门是没有岗哨的，现在有了岗哨。站岗的哨兵，在他们站着的哨亭里，站得笔直，两只眼睛眨也不眨，让鲜本求看见了，直觉他们是威武的、专业的。鲜本求有过去出入大机关的经验，没有畏畏缩缩，而是大大方方地先向威武的岗哨走去，给岗哨一个点头礼，就要迈着阔步往进走了。可岗哨一言不发，只是一个标准的抬手动作，就把鲜本求指向了大门一边，让他去门卫室登记了。

鲜本求到了门卫坐着的窗口面前，接受着门卫的审查，却突然听到有人叫他。

鲜本求听出叫他的声音很熟，他立即想到了任管事，还有大机关里的首长。在他努力地分辨着是谁在叫他时，就把眼睛转向了大机关的大门口，这就看见了大机关的首长，从一辆小车的后门走下来，正热情地招呼着他。

负责登记来人的门卫，看见这样一个情景，便不再审查鲜本求了，并把他原来冷冰冰的脸面收起来，换了一副暖洋洋的样貌，从他坐着的靠背椅子上站起来，迅速地转出门卫室，帮助鲜本求，扶着他扛在肩上的一大袋蔬菜和蔬菜根，向大门口走下小汽车的大首长走了去。

大机关首长让门卫帮助鲜本求，把装着蔬菜和菜根的大袋子，装卸在了他刚才乘坐着的小车上，不无欢喜地说了两句话。

首长说：是你的粪尿蔬菜了。

首长说：我了解过了，你的粪尿蔬菜，现在都不是给人食用的，而是用来留种的呢。

首长说：那次到你的蔬菜园里，吃了你不少粪尿蔬菜，忘了给你交钱。你这次来得好，我就按照蔬菜种子的价码，给你补交上。

鲜本求跟在大机关首长的身边，他走一步，他跟一步，他觉得活了一生，这时候是最体面的呢！他听首长还说，在他蔬菜园吃的那一顿菜，要给他钱，他慌忙摇起了手，说他哪能要首长的钱呢。

鲜本求说：我不要钱，只要首长有时间，还去我的蔬菜园。

鲜本求说：我再给首长下厨熬制粪尿百姓菜。

在大机关绿树夹道的路上走着，不断有人侧目来看鲜本求，这使鲜本求更加脸上有光。他兴奋起来了，兴奋着回了大机关首长几句话，就乖乖地来听首长怎么说了。首长的记性真是好，他记着他蔬菜园木栅栏攀爬着的刺玫花，还有蔬菜园屋檐下筑巢育幼的小燕子。

首长说：你那围栏上的刺玫花可真繁盛哩。

首长说：还有你屋檐下的小燕子，可是又育出一窝小小燕子了？

鲜本求太受感动了，他忙不迭地回答着大机关首长。

鲜本求说：刺玫花是越来越繁茂了。

鲜本求说：小燕子是又育出了一窝小小燕子哩。

首长看来是很欣赏鲜本求的蔬菜园子。

首长接着鲜本求的话，回应着他说：世外桃源。

首长说：陶渊明采菊东篱下，悠然见南山。

首长说：你是务弄在粪尿蔬菜刺玫花下，而悠然见南山了呢。

鲜本求读书不多，但对陶渊明这位古人，还是知道点的，他因此回了一下头，从大机关的大门里向南望了去，还真望见了巍峨耸立的终南山。

终南山在陈仓城这一带，是被人称为南山的呢。

八

任管事离休了。

在大机关首长的办公室里，鲜本求知道了任管事的身份，可是不一般哩。他是老革命，打过日本鬼子，打过国民党，而且还雄赳赳、气昂昂地跨过了鸭绿江，打过美国鬼子。任管事的身上至今残留着三块没能取出来的弹片，好像他身上的弹片就是作为他的军功章而存在着的。

鲜本求在大机关首长的关心下，坐上首长的小车，把他与他带来的粪尿蔬菜和菜根，一块儿送到陈仓城里的荣军敬老院来了。在这里，鲜本求亲眼看见，离休在这里的任管事，在他挂在一面墙上的旧军装上，就庄严地佩戴着三枚闪闪发光的军功章。

那三枚军功章，鲜本求分不清什么名堂，心想应该有他英勇抗日的一枚！有他奋战国民党军队的一枚！有他冒死抗美援朝的一枚！看着那一枚一枚的军功章，鲜本求很有些心潮澎湃了呢。

鲜本求因此看着陪在他身边的任管事，就不只是肃然起敬那么轻描淡写，而是要五体投地了呢！他不由自主地给任管事说了这样几句话。

鲜本求说：你把我吓着了！

鲜本求说：你是大英雄哩！

鲜本求说：你让我心服口服地服上了！

任管事不要鲜本求这么说他，他端起一个搪瓷缸子，给鲜本求冲泡了一杯茶，双手端着，送到了他的手边给他说，你背那么一大袋子的蔬菜和菜须根，走了那么远的路，把你可是累着了，你就先喝茶吧，一会儿咱们吃饭。

鲜本求的确是口渴了呢，他是需要喝茶的，但任管事的茶，封不住鲜本求的嘴，他小小地嘬了一口，就还把他今天想要说的话，毫不掩饰地要说出来呢。

鲜本求说：大机关的首长，你是也有资格做的呢。

鲜本求说：老百姓就需要你们这样的官。

鲜本求说：你把你委屈了。

听着鲜本求的话，任管事感受得到他说话的真诚，不过他一点都不觉得自己委屈，所以他呵呵地乐了乐，就给鲜本求这么说了。

任管事说：官大官小，只是个分工不同。

任管事说：能管事的就分工他们管事，能干事的就分工他们干事。

任管事说：像我自己，自觉是个干事的人，所以就不觉得有什么委屈，反而觉得干事真好。

鲜本求想起了任管事的名字，就觉得他有必要与任管事抬抬杠，因此他说了。

鲜本求说：任……管事，这是你的名字吧？

鲜本求说：名字对一个人的影响是很大的呢。你的名字都启发着你，是要管事的哩。

鲜本求说：你却身背那么大的功劳，心存真情地干事，少见，太少见了。

任管事依然呵呵乐着说：管事，管事，同事就那么随口一叫，你倒还当真了。

任管事说：你可不要当真。

荣军敬老院的后勤人员，在这个时候，来请任管事和鲜本求了。他说荣军敬老院的灶上，特意开了一桌菜，就等任管事和鲜本求去品尝了。

任管事因此手牵着鲜本求，两个人像多年重逢的老战友一样，亲亲热热地去了荣军敬老院的灶上，发现大机关的首长，先他俩已经坐在了那桌特意开出来的菜桌前。任管事和鲜本求来了，大机关的首长迎上来，热情招呼着他俩，一左一右地，在大首长的两侧坐了下来。

荣军敬老院灶上的服务人员，给菜桌上上菜的时候，大机关首长先向任管事表达了他的问候，说是任管事离休在这里，他老说来看一看，和任管事一起吃顿饭，可总是心里想着，却动不了身。这下好了，鲜本求来了，他来时身背那么大一袋子粪尿蔬菜和菜须根，来看你任管事，这给了我一个理由，我不能再往后拖了，赶过来，咱们一起吃顿饭。

首长说的是真心话。他说着菜上齐了，却依然不忘在鲜本求蔬菜园子，吃的那餐粪尿蔬菜宴，他没付钱的事，因此又说了起来。

首长说：在我办公室给你吃饭的菜钱，你怎么都不接，我来这里回请你一次好了。

首长说：只怕没你那粪尿蔬菜的风味纯粹。

与任管事吃顿饭，鲜本求心里已经很有压力了，突然地又加上个大机关的首长，鲜本求心里的压力别提有多大了。但他听首长这么一说，就把他心里的压力，轻轻地搁了下来，并因此还理直气壮了起来。理直气壮了的鲜本求，举起他眼前的一双竹箸，对着眼前的一道道菜肴，欢心愉快地大快朵颐了起来……既然坐在了一起，吃喝着哪能不说话呢？鲜本求努力地措辞着，想他应该说些感激的话哩，却又觉得任管事和首长都是真人，他一味地感激，会不会败了人家的兴致，让人家感觉见外？大机关的首长或许是看出了鲜本求的心理活动，他要解救鲜本求，便赶在鲜本求的前头说话了。

首长说：你不知道，我们坐在大机关的办公室里，最想知道基层的事情哩。

首长是挑了一箸头的凉调菜根，吃到嘴里后说的话。他前面说的话刚一落音，紧跟着就又说上了。

首长说：吃了菜根，是为知道基层百姓的滋味。

首长这么说着停顿了一下，是想看鲜本求的反应吧？鲜本求没反应，他就又说了。

首长说：我把你们滩地村是要当成一个点了。以点带面，点上的事情常常可就是面上的事情呢。

首长说：你给我说说看。

鲜本求听出了大机关首长鼓励他说他们滩地村的事，他因此想起了一件有趣的事，便知无不言地说了。他说的是安小旺，还说任管事和大机关首长都知道安小旺，在家里做饭炒菜，惹得他们的老父亲生了气，在滩地村见人就说，说他老伴活着时，一锅饭只在锅眼里的炒勺里，拿筷子点一滴油，炒一根蒜苗，会把一个村子都香了呢！现在好了，老伴去世了，就由小辈当家，他们也做饭，也炒菜，一小锅饭，一把蒜苗，一大勺油，在锅里炒，却炒不出半点菜香味。别说村里的人闻不见，就是我在自己家里端起碗，把饭菜吃在嘴里，都吃不出香来呀。

鲜本求把他说得乐不可支。说到后来，说他找到安小旺的老父亲，把他蔬菜园里的粪尿蒜苗送了一根给他，让他拿回去炒。你知道怎么样？他吃惊了，一根蒜苗又炒出了全村香。

首长听得兴趣盎然。他听了鲜本求说的这段话，似觉不能满足，就还启发鲜本求，要他有话就说，不要拘谨，说什么他都爱听。

鲜本求就把他们滩地村现任村长的一件事说了出来。

鲜本求在给首长说的时候，再三声明他不是要告村长的状，而是说土地承包责任制后，各村的村长，都像他们村的村长一样，能够分点好的责任田就尽量给他拣好点的分，这没什么，只要不多吃多占，大家都能理解。但他们村的村长偏偏多吃多占了，他借口孩子多，就给他的两个孩子，各在村里划下了一套庄基地。他孩子多是事实，那是他落实计划生育政策不到位，自己多生了一个，而且又还都小，一个在初中读书，一个在小学读书。村里人对他的这一做法，意见大了去了，但都是背后的意见，没人在村长面前提。安小旺倒是有胆量，他站出来与村长理论了。

鲜本求说到这里停顿了一下，他观察着大机关首长的脸色，发现他是鼓励他的，因此就又补充了两句。

鲜本求说：对于歪风邪气，就应该敢于斗争。

鲜本求说：我就支持安小旺。

九

没担任村长时的安小旺，是一个样子，当了村长的安小旺，就成了另一个样子。

鲜本求把他们滩地村的实际情况，说给了大机关的首长，他从任管事和大首长设给他的一桌盛宴上离开，回到滩地村的家里来，过了没几天时间，村里就来了一队工作人员，把村长多占的庄基地清退给了村上，让村长在村民大会上，做了深刻的检讨，叫他自己辞职，重新选举村级领导干部。大家投票了，众望所归，几乎全都投给了安小旺，使敢于与村长的错误斗争的他脱颖而出，做了村里的新村长。

安小旺的新村长，开始的时候做得真是不赖，大家也都拥护，突然地听闻城里的大机关要迁出来，选址在了滩地村，安小旺便突然变得像被什么利益的火烧着了，上蹿下跳，聚集了一些村里的青皮二流子，来和前期征地的人员，激烈地矛盾起来，而且硬着头皮抗拒。他指出的条件，是唯一的条件，答应了则罢，不答应就硬顶着，绝不妥协。

对于安小旺的这一变化，鲜本求是无可奈何的。

鲜本求在大机关迁来他们滩地村的事情上，与安小旺和他纠结的那些青皮二流子不同，他是乐观其成的。用鲜本求自己的话说，远亲不如近邻，大机关看得上滩地村，是滩地村的风水，更是滩地村的福气。咱们一个陈仓城的郊外村庄，能结缘大机关这样的邻居，不知祖宗积攒下了何等样的德行，到他们这一辈遇上了。遇上了，还不诚心诚意地欢迎人家来，却还要生出这样那样的恶心肠，这可是太不应该了。

睦邻……友好……

负责征用土地的人员，寻到鲜本求跟前来了。他们准备了一肚子的话，有生硬的官话与政策话，有温情的说教及暖心的话。但他们遇到了鲜本求，他是欢迎大机关来的，来做他们的近邻，所以他们给鲜本求做工作，说的话就多余了。他们的话还没说出口来，鲜本求就痛痛快快地说了。他表达他的内心诉求，说他没有特殊的要求，更没有个人的什么利益，他只想能与即将迁来的大机关，睦邻相处，友好相待。

负责征用土地的人员，与鲜本求谈的是他的蔬菜园子。

鲜本求表达了他的诉求后，就利利索索地交出了他的蔬菜园子，哪怕他多么留恋，多么不舍，也毫不拖泥带水地按照土地征用的基本条件，先从蔬菜园子搬出来，搬回到了村子。

在村子里没住几日，土地征用人员又跟进了他的家里，他依然怀着睦邻友好的态度，把他们祖辈世代居住的祖屋，腾出来，住到参加了工作、身在陈仓城里的女儿家去了。

鲜本求搬离滩地村时，安小旺来送行了。

在滩地村与谁都和睦相处的鲜本求，安小旺打心里敬佩着他，他尤其敬佩几次关键的时候，都是鲜本求无私地帮助了他，像他儿子安恩给横生难产的时候，还像他获选滩地村村长的时候……然而敬佩归敬佩，但在滩地村的土地被征用、滩地村的村庄被征迁的事上，在村长位子上干了些年头的安小旺却有了与鲜本求不一样的认识。他俩在很多问题上是有矛盾的，安小旺怪罪鲜本求不支持村上工作，没有大局意识，而鲜本求反感安小旺自私自利，不顾国家的需要，也不给近邻面子，将来居住在一起，低头不见抬头见，还怎么好见面！总之是，安小旺学会了许多东西，他喜欢鲜本求的单纯质朴，自己却不愿意再质朴单纯了，他喜欢鲜本求诚实守信，自己却做不到守信诚实了，他为此也难受，自责过自己，但自责过了，他还是逐渐地改变着。

安小旺不能随便让村里的土地被征用走。

安小旺不能轻易让村庄的祖居地被征迁去。

哪怕搬迁来的是什么大机关！你机关越大，越有办法，越是一块大肥肉。他们自己撵着来了，把大肥肉送到了咱的嘴边上，咱能不下力气咬他一口吗？这是必须的，必须毫不留情地，张大了嘴巴，连肉带血，狠狠地咬上一口了！

过了这个村，就没有这个店。

安小旺吃了秤砣铁了心，不达目的绝不罢休。

乐观高兴着大机关搬来滩地村，做滩地村邻居的鲜本求，率先垂范，响应号召，就要从滩地村搬离开了。如果别人这么干，安小旺不仅不会来送他，还可能纠集他的一班铁兄弟，给鲜本求出难题呢！是他鲜本求，安小旺没有别的办法，他不能给他上硬茬，就只能心不甘、情不愿地来送他了。在滩地村的街道上，一辆由征地工作组人员提供给鲜本求的搬家车辆，装载上了鲜本求的家当，发动了车辆的发动机，轰轰隆隆地就要开走了，安小旺站在车辆的前头，与鲜本求还没完没了地拉着话。

安小旺的话说得很无奈：就这么搬啦？

鲜本求说：不搬还等啥哩？

安小旺说：你还搬回来吗？

鲜本求说：和大机关做邻居，你说我还搬回来吗？

安小旺说：那就等着你再搬回来。

话说到这个份儿上，是再没有什么话好说了。安小旺从搬家车辆的前头挪开了身子，他扶着鲜本求，扶着他上到搬家车辆的驾驶座一边，坐下来，互相挥着手，任由搬家车辆一鼓作气地轰鸣着，开出了滩地村，走进了陈仓城里女儿给鲜本求腾出来的楼房里。

远离了滩地村的鲜本求，常会想起他专心侍弄了许多年的蔬菜园子，还有他祖祖辈辈居住了许多代人的祖屋。他不知道他离开后，原来的祖屋会被拆成什么样子，还有他的菜园子会荒芜成什么样子。

蔬菜园子的木栅栏，爬在木栅栏上的刺玫花啊！

蔬菜园房檐下的燕子窝巢，出出进进在窝巢里的小燕子啊！

日有所思，夜有所梦。鲜本求晚上睡觉，梦里的刺玫花，梦里的小燕子，还是那么花团锦簇，还是那么生动活泼。

鲜本求对他的菜园子，对他的小燕子，可不只是在梦里见一见，在心里想一想，他是要有所行动了呢！鲜本求的行动，就是把他的眼光，投放在了女儿给他居住的楼房阳台上。阳台朝向南面的一边，光照充沛，鲜本求把女儿原来养花的盆子，收拾出来，枝插了刺玫花；并还把楼下别人丢弃的一些花盆，或是什么可以装土的盒子，培上土端到阳台上，来种植蔬菜了，辣椒、黄瓜、茄子、豇豆、蒜苗、小葱……鲜本求把一个有限的阳台，务弄得花团锦簇，满眼葱绿！鲜本求的女儿来看他，发现了阳台上的变化，倒也理解种了一辈子蔬菜的老父亲，忘不了他的老手艺，把楼房阳台当作蔬菜园来做务，就把老父亲夸上了。

女儿说：城市楼房的阳台，开辟成蔬菜园，倒也不失为一种城市经济的新形态。

女儿把鲜本求夸说着，就还说了阳台蔬菜园的问题。她说：就是味道不太好。

鲜本求没敢说他把自己的粪尿积攒下来，给蔬菜苗浇，而是说，把窗子开一会儿就好了。

女儿要走了，阳台上蔬菜地有什么成熟的菜，鲜本求就采摘下来，让女儿带着走。

城里女儿给他安排住在楼房上，鲜本求有阳台上种植的刺玫花和蔬菜陪伴着，倒也觉得日子不算难熬。不过他很想有一窝小燕子，筑巢在他种植着刺玫花和蔬菜的阳台上，情况应该会更好一些。然而，他正热切地盼望着，突然看到了一则电视新闻。那个新闻报道是在陈仓城地方电视台上播放出来的。播放得极其沉痛，背景音乐是压抑的，播音员的声音也是压抑的。

播音员在新闻里说，离休干部任管事去世了！

任管事算不算鲜本求的朋友呢？

回想着他与任管事过去的点滴交往，鲜本求落泪了。他跟着讣告上公布的时间，通知他的女儿把他送到了市殡仪馆，他要去送送任管事……鲜本求想他来得不迟，可是在他到达殡仪馆时，却已挤不到入殓在水晶棺里的任管事身前了。这使鲜本求痛悔莫及，却也为任管事高兴，竟然有那么多人，赶来为他送行！

在殡仪馆为任管事设立的灵堂外，鲜本求为任管事黯然地流着泪，突然听到有人招呼他，他循声看去，看见了头发斑白的大机关首长。他像鲜本求一样，也满眼泪水！

看来他应该是退休了，而且生了病呢，坐在一辆轮椅上，流着泪向鲜本求艰难地挥着手。鲜本求向他走了去，他给鲜本求说了。

退休了的大机关首长说：老了，都老了。

可不是吗，走到退休了的大机关首长的跟前，鲜本求拉住他的手，应和他的话说：是啊，是都老了。

鲜本求还要再说些话的时候，退休了的大机关首长说起来了。

他俩异口同声地说：到时候来陪……

他俩的话都没说完整，就被送别任管事的哭声，突然打断了。但他俩的心声是一样的，到时候来陪比他们早走了的任管事。

十

鲜本求只是身子离开了滩地村，而他的心还留在村子里。

不是鲜本求要打听村子里的事，而是村子里的人，要寻到鲜本求住着的地方来，给鲜本求说老虎说狼地来说。他们说的事情，可都不是鲜本求最想知道的。鲜本求想知道他的蔬菜园子，被扒了没有？还有那窝小燕子，它们在他搬走后，可是也飞走了？让他欢喜的是，来找他传话的人说了，他的蔬菜园子还没扒，因为工地上的人都馋他的菜，小燕子也没有飞走，但在窝巢里待的时间，没有站在蔬菜园子路边的电线上多。听人这么说，鲜本求的眼前，浮现出了一幅图画，那图画里有他还没搬离蔬菜园子时常能看到的刺玫花，以及他可爱的小燕子。刺玫花灿烂繁盛，小燕子活泼可爱，吵吵闹闹在窝巢里，把它们自己吵闹烦了，就要飞出去，飞到高高的电线上去，站在电线上继续着它们的吵闹。

鲜本求曾经想过，吵闹的小燕子啊！可是比翼双飞的夫妻？它们夫妻那么吵，那么闹，却怎么就始终不离不弃，坚守在一起？

鲜本求因此是很敬佩小燕子了呢！以为人应该向小燕子学习，不要因为个什么小矛盾、小问题，就吵闹得化不开、解不了。

生产队长安小旺，把他变成滩地村拆迁项目钉子户的信息，就这么传进了鲜本求的耳朵。不是一个人传，而是你来了传说，他来了也传说，传说到后来，拆迁项目办的负责人，不知从哪儿获得的消息，来请鲜本求了。他们来请鲜本求，希望他回滩地村来，帮助他们做安小旺的工作，不要站在工程的对立面，做项目进展的障碍。

鲜本求原本不想插手这件事，但项目上来的负责人说了这样一句话，他就坐不住了，起身跟着项目上的负责人，回到滩地村来了。

那位项目负责人胖乎乎的，脸上的眼睛和嘴巴，都像是用小刀子划拉出来的，只是细细的一条缝。

他把一条缝的眼睛努力地睁开来，用他那一条缝的嘴巴说：远亲不如近邻，你是这样说了的吧？

一条缝的眼睛，透出来的眼光有点诡异，他还用他那一条缝的嘴巴说：近邻好啊。

一条缝眼睛、一条缝嘴巴真能说：是大机关这样的近邻呢！

在回滩地村的路上，一条缝眼睛的项目负责人用他一条缝的嘴巴，把鲜本求曾经说过的话，重复地又说了几遍。在一条缝眼睛项目负责人动着他一条缝的嘴巴，唠唠叨叨着，就与鲜本求乘坐着小汽车，呜哇呜哇地回到了滩地村……小汽车快要钻进村子时，鲜本求给陪着他的项目负责人提了个要求，说他想去他的蔬菜地看看。

鲜本求之所以提出这个要求，是他看见高高的电线上站着的小燕子了。

从滩地村头顶横穿而过的电线，是架在两座铁塔上的。鲜本求知道，那是一条交流电压非常高的高压线，通过村庄时，为了村庄的安全，必须架设在等级相对也高的铁塔上。鲜本求太熟悉这条直通陈仓市区的高压线路了，因为他原来的蔬菜地，也在高压线的下边，随他筑巢在蔬菜地里的小燕子，从菜园子常会箭一般嗖地射出去，飞向高压线，歇脚在高压线上。鲜本求没有乐谱知识，不知道站在高压线上的小燕子，可像优美的五线谱一样美妙。他只是对于小燕子的这一举动，特别地操心，担心高压线会电了小燕子，那可就要了小燕子的小命了。后来经人介绍，鲜本求知晓了小燕子，还有别的什么鸟儿，它们两条腿站在电线上，会产生电压差，并顺利地导致电流通过，所以不会造成小燕子被电死的危险。

鲜本求因此为他的小燕子而庆幸，要不然那蛛网一般发达的电线横在天空中，还能有小燕子生存的余地吗？

项目负责人把他一条缝的嘴巴动了动，他同意了鲜本求的要求，让小车司机掉转车头，往鲜本求原来的蔬菜园子那儿去了。

因为有项目负责人陪同，鲜本求很容易地到了他的蔬菜园子边。

鲜本求看得出来，他原来的蔬菜园子确如来看他的村里人说的那样，还比较完整地保留着，包括他蔬菜地周边的木栅栏和攀爬在木栅栏上的刺玫花，都比较好地保留着，并在太阳下姹紫嫣红地开放着，给已经变成一大片工地的地方，添加了许多生动……小葱、蒜苗、菠菜、茄子、西红柿、豌豆、一畦一畦地也还在木栅栏和刺玫花的围绕中，茁壮地生长着，绿得如同泼了漆一般。

鲜本求看见有位与他年龄相仿的汉子，侍弄着他原有的蔬菜园子。鲜本求来了，他想他该给那个汉子打声招呼的，而那汉子却先热情地向他招呼了。

那汉子认识鲜本求吗？

鲜本求恍惚想得起来，又不能明白，也就糊里糊涂地热情着，给他回着招呼。

鲜本求的招呼是内行的。他说：蔬菜地泼浇的是人粪尿了。

给他招呼着的人，自然也不外行。他说：不是人粪尿，长不出这样的蔬菜。

其实那位像鲜本求一样务劳蔬菜地的汉子，并不认识他。他之所以向鲜本求他们打招呼，并不是单独冲着鲜本求的。陪着鲜本求的项目负责人，应该是那人打招呼的目标，鲜本求看着务劳蔬菜的人亲切，就自己冲在前面，和那汉子说上了话。他们两句关于人粪尿与蔬菜的对话，让素不相识的他俩，一下子真的亲热了起来。他们走近了，鲜本求从他的口袋里掏着纸烟，那个人也在口袋里摸着纸烟，不过两人都白掏白摸了，因为他俩条件反射地互相在自己的口袋里掏摸着纸烟时，都没有掏摸出什么来。

他俩因此不尴不尬地乐了起来。

鲜本求说：我原来是有这毛病的呢。

鲜本求说：戒咧。

那汉子也说：我是也有这毛病的呢。

那汉子说：也戒咧。

他俩的共同话题真是不少，先是人粪尿的蔬菜说了几句，又是吃烟戒烟的话说了，说着就又回到这片蔬菜地上来了。

鲜本求说：其实我要感谢你呢。

那汉子猜出些眉目来了。说：这片蔬菜地原是你的吧？

鲜本求点着头说：你猜对了。

那汉子说：我原来是也有一片蔬菜地的，我就爱给我的蔬菜地泼浇人粪尿。

在他俩这么体己地说着他们的话时，刚才还站在高压线上的小燕子，也许是受到了鲜本求的吸引，便都箭一般嗖地射飞来了，来在鲜本求的头顶上，绕着他就是一场叽叽喳喳的吵，叽叽喳喳的闹……鲜本求的眼睛追着旋飞的小燕子，他问候它们了。

鲜本求说：算你们识人。

鲜本求说：算你们有良心。

要从鲜本求原来的蔬菜地离开了，那个暂时继承了他蔬菜地的汉子，小葱一撮，蒜苗一撮，还有菠菜、芹菜等粪尿泼浇出来的蔬菜，都给鲜本求采挖了一些，用菜地边的马兰草打成捆子，送到了鲜本求和项目负责人坐着的小车上。

那汉子说：想你的蔬菜地了，你就回来。

鲜本求嘴上答应着那个热情的汉子，心里想着他是还要回来的，可是他实在不知，今后回来，还能不能再看到他的蔬菜地？

十一

到处都是耸入云霄的塔吊，到处都是吭哧吭哧砸向地面的打桩机，到处都是尘土飞扬的隆隆吼叫的渣土车……鲜本求在一条缝眼睛一条缝嘴巴的项目负责人的引领下，在这样一种热火朝天又杂乱无章的环境下，走到了成为项目钉子户的安小旺家的宅院边。

原来的滩地村，都拆掉了，拆成了一大片平地。现在就只剩下安小旺家的那处宅院，宅院里原有一栋三层小楼，小楼前种着一棵石榴树。

鲜本求看着那座红砖漫顶的三层小楼，以及那棵花红叶绿的石榴树，不禁有些鼻塞，他无法忍受地擤了擤发塞的鼻子，还连锁反应地嗓子发痒，他有点无法忍受地咳了起来。

鲜本求擤鼻子、咳嗓子的声音，引起了陪着他的项目负责人的注意，一条缝眼睛、一条缝嘴巴的项目负责人，立即凑到他跟前，十分关心地询问他了。

项目负责人说：您不舒服？

鲜本求不是圣人，他原来的家园，被拆得狼藉一片，他能舒服吗？

鲜本求把多嘴多舌的一条缝眼睛、一条缝嘴巴的项目负责人，狠狠地瞪了一眼。鲜本求的这一眼，把项目负责人吓着了，他因此就又补充了一句话。

项目负责人说：这个时候，您老可不能不舒服。

前面是一句彻彻底底的废话，现在又完完全全地是一句烂话。鲜本求想了，他这个时候不能不舒服，什么时候可以呢？他把废话连连的一条缝眼睛、一条缝嘴巴的项目负责人，再次狠狠地瞪了一眼。

鲜本求想他该给项目负责人怼上两句的，比如"我不舒服咋了？告诉你娃娃哩，我就不舒服了"。还比如"你给我个舒服的理由，让我舒服起来呀"。那两句话在鲜本求的心口上打着滚儿，都已从他的喉咙眼里爬出来，带着火的气质，要喷到他的嘴边时，他看见了已成孤岛的安小旺，还有他的媳妇儿甄燕燕，从他们家的三层小楼里出来，站了石榴树下，很是消闲，也很有情致地观赏起了石榴树上开放的火焰般的石榴花……夫妻俩观赏着石榴花时，似还说着什么话。好像是安小旺先说了呢，他说着话，伸手到石榴树上，折下一枝石榴花来，扳过他媳妇甄燕燕的脸，簪在她一边耳朵旁的黑发间。

看着安小旺夫妇的那个举动，一条缝眼睛、一条缝嘴巴的项目负责人，是个什么感受呢？鲜本求没去注意，他只觉自己笑了，向成为钉子户的安小旺和他媳妇儿甄燕燕笑着，高声大嗓子地打起了招呼。

鲜本求的声量真是高啊。他说：呀哈哟哎，心情不错嘛。

安小旺和他媳妇儿甄燕燕听到了鲜本求的招呼声，他俩循声看来，看见了对他们有恩有情的老邻居鲜本求了，于是也热情地向鲜本求打招呼。

安小旺抢先开了口，他开口招呼的话才吐出半个字，他媳妇甄燕燕摸着耳际黑发间簪着的石榴花，跟上来也打招呼了。

安小旺夫妇俩的招呼声，仿佛排练过的二重唱一般，飘进了鲜本求的耳朵里。

夫妇俩说：本求叔回村来咧。

夫妇俩说：叔你看见咱滩地村了吗？

夫妇俩说：就剩下我一户了。

夫妇俩说：我这一户也被挖得像是一片水泽里的小

岛了!

　　鲜本求承认安小旺夫妇说得对，滩地村他夫妇俩守成钉子户的状态，真的如一片水泽里的小岛，一条缝眼睛、一条缝嘴巴的拆迁负责人他们，做得也是太绝情了！他们围绕钉子户的安小旺家，用他们的大型挖掘机，一铲一铲地挖着，就都挖空了，挖成了一圈不宽却非常深的壕沟。如果只是干的壕沟，倒还罢了，他们还往壕沟里灌进了水，深深地发着蓝光的水面上，漂浮着村子拆迁时毁弃了的破门烂窗，还有废弃下来的方便面餐盒，以及叫不出名称的塑料袋等，在春尽夏来的天气下，散发出阵阵恶心人的气味来。

　　鲜本求的眉毛拧起来了，他的面部表情和内心的变化，都被一条缝眼睛、一条缝嘴巴的项目负责人看见了。他紧张地向鲜本求解释。

　　项目负责人说：我们是没办法了。

　　项目负责人说：但凡有丝毫的办法，也不会这么来的。

　　项目负责人说：请您老回来，就仗您老的脸面了。

　　项目负责人说给鲜本求的那一堆解释的话，很有些煽情的味道。正是他颇具煽情意味的话，起了些作用，但还不足以消除鲜本求的气恼。项目负责人因此又说到了安小旺，他说安小旺两口子呀，也太不珍惜他们自己了，做钉子户就做钉子户吧，还在他钉子户的楼房里，准备了一大桶汽油，我们不敢动他，就怕像他说的，一把火点着了那桶汽油，问题可就大了，要出人命了呢！

项目负责人这么一说，倒是把鲜本求内心生着的闷气压了下来。

鲜本求的脑子，跟着项目负责人说的话，在剧烈地转着圈子。他承认，如果真像一条缝眼睛、一条缝嘴巴的项目负责人说的那样，就真的麻烦大了，的确是要认真对待呢。

安小旺乡里乡党的，他人不坏，他媳妇儿甄燕燕也不坏，他和他媳妇成为钉子户，做得虽然过分，但也不能说都是他们的错……自己的家园啊，说拆就拆了，鲜本求没好意思做钉子户，并不是说他不爱他的家园，人老几辈住惯了的地方哩，刻在鲜本求的心上似的，他也难受呢！远亲不如近邻，老辈人是这么说了的，鲜本求不能批驳老辈人的话，他喜欢自己的近邻，原来的安小旺和他媳妇甄燕燕，就是他的近邻，他们相处得多么好啊！如果没有这次拆迁，他们还是近邻……哎哎哎，不说了，不说了，大机关要迁来了，来了就也是近邻了呢！鲜本求以大机关为大近邻的理由，带头帮助拆迁，但他的心里一样难受，一样不畅快！

一大桶汽油！鲜本求听项目负责人说到这里，他的心里就更难受了。

鲜本求难受着，神情当即又紧张了起来，他说：他要点了那桶汽油吗？

鲜本求说：点着了汽油可不得了，真是要出人命哩！

项目负责人看着神情变化着的鲜本求，他压不住心里的小得意，依然顺着鲜本求的担心，添油加醋地说了。他说他们承担大机关搬迁的前期拆迁任务，可是不想出什么大错，特别是要人命的大错……项目负责人把话说到这里的时候，鲜本求张起他的双臂，做着他蔬菜地里燕子飞翔的样子，给一条缝眼睛、一条缝嘴巴的项目负责人说了。

鲜本求说：我要是和我蔬菜地里的小燕子一样就好了。

鲜本求说：我飞着去见安小旺。

十二

充足了气的一艘橡皮小船，在一条缝眼睛、一条缝嘴巴的项目负责人的指挥下，放到了脏臭不堪的水面上，他没有问鲜本求还有什么要求，就觍着脸，请鲜本求登船去见安小旺了。

鲜本求没有动，他看着空空荡荡的橡皮小船，给项目负责人说了。

鲜本求说：你平时见朋友，不带点什么吗？

鲜本求说：我可不能空着手见我的乡党。

鲜本求没让一条缝眼睛、一条缝嘴巴的项目负责人掏钱，他从自己的衣袋里摸出几张百元大钞，交到身旁围来的滩地村人手里，嘱咐他们给他买水，干干净净的瓶装水，嘱咐他们给他买面买酒，新鲜的方便面老旧的酒，说他去见安小旺，就陪安小旺在他钉子户三层红砖楼里，住上几天。

一条缝眼睛、一条缝嘴巴的项目负责人，显然没听懂鲜本求的话，便着急忙慌地插话进来说了。

项目负责人说：您去住在钉子户里？

项目负责人说：我们请您回来……

鲜本求举手阻止着项目负责人说话。他阻止着他，自己却接着他的话，一字不落地代他说了出来。

鲜本求说：请我回来也做钉子户？

鲜本求说：你放心好了，我不会做钉子户。

说话时，接了鲜本求钱的滩地村人，号号吵吵地跑了去，又跑了回，买来了瓶装水、方便面和酒，一个接一个地装上了橡皮小船，然后扶着鲜本求，把他也扶上了橡皮小船，看着他划动着搁在橡皮小船上的桨，破开脏污的水面，向孤岛似的安小旺和他媳妇甄燕燕坚守的三层红砖小楼驶了去……鲜本求划着橡皮船，都快划到安小旺钉子户孤岛的边上了，却不知何故，又掉转了橡皮船头，往回划了过来。

着急上火的一条缝眼睛、一条缝嘴巴的项目负责人，看着把橡皮船倒划回来的鲜本求，十分少见地睁大了眼睛，张大了嘴巴，给鲜本求喊话了。

项目负责人的喊声不敢放得大了，所以小心地压着。他喊：您老人家咋折回来了？

项目负责人低声地喊：您是要我往水坑里跳吗？

鲜本求很痛快地把项目负责人的话接上了。他说：你跳呀，我看着你跳。

鲜本求说：我倒真想看看你跳进污水坑里，是个什么样子？

一条缝眼睛、一条缝嘴巴的项目负责人，哑巴了。他茫然无知地看着鲜本求，把橡皮船划回了他站着的地方，不知道他能说什么，能做什么。不过，鲜本求没有让项目负责人太作难，他给他说了。

鲜本求说：我给安小旺带礼物了，你就不能带点啥吗？

鲜本求说：像你喝的茶叶，还有粪尿泼浇的蔬菜。

有求于鲜本求的是一条缝眼睛、一条缝嘴巴的项目负责人。工期就像悬在他头顶上的一把刀子，大机关在报纸、电台、电视台已报道了搬迁新址的日期，还有滩地村的村民，也要按期回迁，一桩桩一件件，他不敢有丝毫的耽搁，为了拔掉安小旺这个钉子户，他把能用的手段都用了，法院、公安，还有街道办事处。他没有别的办法，鲜本求是他唯一可以借用的办法了，听知情人说，鲜本求与安小旺关系不错，把他搬来，让他去做说客，可能会事半功倍哩。一切的一切，这时都像摁在了影碟机的快进键上，在项目负责人的大脑里一闪而过，他对向他提出要求的鲜本求，只有笑着说了。

项目负责人说：茶叶马上取来。

项目负责人说：对，粪尿蔬菜，还有菜须根，马上给他挖来。

小小的橡皮船上，便又添加上了茶叶和蔬菜，然而鲜本求依然没有动手划桨，驾驶橡皮船往孤岛上去。

鲜本求又提出了一个请求，说他把安小旺和甄燕燕的儿子带上，效果会更好一些。其实这个办法，一条缝眼睛、一条缝嘴巴的项目负责人，是早就想到了的。他想到了没有用，他们叫不动安小旺和甄燕燕的儿子安恩给，他不给他们面子。鲜本求提出来了，项目负责人对他摊了摊手，说他请不来小东西。鲜本求笑了，告诉他，让他去找安恩给，就说是他鲜本求请他哩，看他来不来。安恩给当然来了，守在村子上许多天，安恩给有学也不上了，他像个流浪儿一样，蓬头垢面，来了一见鲜本求，就先流了一脸的泪。鲜本求招呼他，让他上船来，他带他去见他爸他妈。安恩给听话地下到了橡皮船上。现在的鲜本求，再没有什么要求了。

他划着橡皮小船，劈开水面上漂浮着的废弃物，径直划到钉子户的孤岛上，在安小旺和甄燕燕的协助下，卸下了橡皮船上的东西。

上到钉子户的安小旺家三层红砖楼房，鲜本求表现得太有耐心了。

与鲜本求的耐心比起来，一条缝眼睛、一条缝嘴巴的项目负责人，就特别焦躁，整天像热锅上的蚂蚁，眯着他的眼睛，一言不发地注视着钉子户里的变化。

然而，没有变化。

带着安小旺和甄燕燕的儿子安恩给，还带着吃的、喝的，鲜本求上到钉子户的孤岛上，没事人一样，每天都与安小旺和他媳妇甄燕燕，以及他们的儿子安恩给，悠闲地坐在那棵石榴树下，煮着方便面吃，煮着茶喝，其间还拿出带到孤岛上的老旧酒，一块儿喝酒。他们这么吃了三天，喝了三天，到三天后的那个傍晚，鲜本求与安小旺，还有安小旺的媳妇甄燕燕，儿子安恩给，站在石榴树下，朗诵起了《诗经》里的那首叫《燕燕》的诗。

好像是安恩给先朗诵起来的，他的朗诵刚起了个头，母亲甄燕燕跟上也朗诵起来了。母子俩朗诵着，安小旺和鲜本求掺和进他们的朗诵中来，一哇声地都在朗诵了：

> 燕燕于飞，下上其音。
> 之子于归，远送于南。
> 瞻望弗及，实劳我心。
> ……

等在大水坑一边的项目负责人，他是听见了孤岛上朗诵《燕燕》的声音了。只是他非常糊涂，他们怎么还有心情，朗诵那样一首远古的诗？不过这不重要了。重要的是，项目负责人看见他们朗诵罢了那首叫《燕燕》的诗，就都相互帮助，上到那艘橡皮船上来了。他们上到橡皮船上，没有犹豫，端直地从他们钉子户的孤岛边撤离开来，回到了大水坑的这一边。

安小旺和他的媳妇甄燕燕，没给项目负责人说啥，都是鲜本求说的。

鲜本求说：拆去吧。

得到鲜本求的这句话，一条缝眼睛、一条缝嘴巴的项目负责人，再次地睁大了眼睛，再次地张大了嘴巴，他向伴在他身边的项目上的人，大声豪气地发号施令了。

项目负责人说：听到了吗？

项目负责人是用他手里提着的通话机来说的。他说：谢谢鲜老人家，谢谢小旺你们，我们这就拆了。

铿锵有力的话，从一条缝眼睛、一条缝嘴巴的项目负责人这里，传出去后，整个拆迁工地，从一种死一般寂静的状态中，蓦然活跃起来了。数台隐蔽不见的大型挖掘机，轰鸣着从它们躲着的地方窜了出来，窜到挖空成臭水沟的边上来，转动着巨大的挖斗，把堆在一边混合着碎砖烂瓦的渣土抓起来，倾倒进臭水沟里，一边填埋一边轰隆隆地向前挺进着，相信不要多会儿时间，那些挖掘机，就会把安小旺的三层红砖小楼，拆得不见一点痕迹。

安小旺没有回头，安小旺媳妇甄燕燕也没有回头，他们夫妇俩的眼里全都满含着热泪。

鲜本求安慰着他们夫妇，说：咱们很快就搬回来了。

鲜本求说：回来做大机关的近邻。

安小旺和他媳妇受到了鲜本求的启发，流着泪也都说话了。

安小旺说：我们做近邻。

甄燕燕说：近邻必须把我的汽油桶子还给我。

正是甄燕燕的一句话，把鲜本求说得大笑了起来。他笑着，带动着安小旺也大笑起来了。

一条缝眼睛、一条缝嘴巴的项目负责人，是陪着鲜本求、安小旺和他媳妇甄燕燕的。他听出了他们笑中的内容，是带着调侃的味道呢。他把眉头拧了起来，狐疑地看向笑着的鲜本求，还有安小旺，想要知道他们何以要笑？

　　没有笑的甄燕燕，这个从古周原上的凤栖镇下嫁到滩地村来的女子，在今天让鲜本求真是要刮目相看了。她一脸的一本正经，一字一句地给一条缝眼睛、一条缝嘴巴的项目负责人说了。

　　甄燕燕说：那个汽油桶子呀！

　　甄燕燕说：是鲜本求老人家原来拉运粪尿的铁桶子哩！

打　孝

一

真有意思，他的名字居然叫打孝。

我世居凤栖镇东街村，打孝旧宅在凤栖镇西街村，加之我多年没回凤栖镇了，所以并不怎么了解他，到他找我来介绍他的名字时，把我介绍得有些发蒙，当下想到了"大校"、"打消"、"大笑"等几个相关的词儿，我思来想去，就是想不到"打孝"这两个字眼上来。但他确实就叫打孝，据他说，自小被他老先人叫起来，就没有改过。

对凤栖镇民俗文化有所了解的我，知道"棍棒下面出孝子"的老话。

先不说打孝长在他老父亲的身边，老父亲为了他的孝，怎么样地打他？打了多少回？打得重不重？使用的是不是棍棒？我都不知道，但就我个人而言，就十分悲催，一点没少被父亲打。不过十分庆幸的是，我父亲生气了打我，最可能的方式，就是追着我，用他的大巴掌在我的屁股上抽。父亲说过，打娃不能打脸，打一次伤一回，娃娃家的一张嫩脸，可是伤不得的呢！父亲过世早，我如今想起来，全然觉不出父亲打我的怨，反而有种说不清楚的快感，特别享受似的。

这有点像我怀念母亲的面食，原来吃得到的时候，并不觉得有多好吃，现在吃不到了，想起来，才是那么好，那么妙，仿佛天下绝味一般。

找我来的打孝，把他的名字说给我听时，我不能自禁地抬手摸到了我的屁股上。摸着了，没有立即挪开，而是像我父亲生前打了我屁股后面一样，疼不疼是一回事，我是一定要夸张地揉给我父亲看的，完全一副疼得不能再疼、疼到了我的心尖尖上的样子……我下意识的这个动作，迅即引起了打孝的注意，他问我了。

打孝问：怎么了？屁股不舒服吗？

我没有立即回答打孝，这便使他浮想联翩地关心起了我。

打孝说：你呀，干的是坐板凳的活，一整天久坐不动，把自己的屁股坐出毛病来了。

找我来的打孝，以此为借口，关心了我几句，话锋一转，就又把我夸在他的嘴上了。

打孝说：坐板凳的你，是坐出你的声望了。

打孝夸我的话，让我还是很受用的。我受用着，就听他说了央视八套热播了一些时日的电视剧《初婚》。腾讯、优酷等网络平台同期也在播出，与央视略有不同的是，网络平台有59集，而央视仅有35集。由我入了点股份的丫丫影视公司，根据我的同名长篇小说《初婚》改编而来，其中塑造了一位任劳任怨的新娘子任喜爱……打孝看来是追着我这部电视剧看来的，因为他夸我的话，接下来就都没离开那位人见人爱的新娘子任喜爱。

打孝说：我是服气上你咧！

打孝说：咱们凤栖镇上的人都服气上了你！

不能再任由打孝把我再夸下去了，我就有意识地转移着打孝的话题，插话给打孝，把他流水似的话题死拉硬拽地拉扯到了我的屁股上。

我给打孝说：你刚才不是很关心我的屁股吗？

打孝嚷喝起了我，说：是啊！你的屁股……

我没让打孝把他关心的屁股的话说完，就给他有点不怀好意地说上了。

我说：我真想我父亲还能打我的屁股。

我说：把我的屁股打狠点，打疼了。

二

听话。不怕。小心。

慕名到陈仓城我家里找我的打孝，把他装在肚子里的事情，没能给我说出来，却遭受到了我作势作态以及不怀好意的几句话，他敏感到了我对他的误解，就把他带给我的烟、酒、茶叶，往我面前推。他一边推，一边说着他烟的品位，酒的贵重，茶叶的绝妙……我不能说我见识多广，更不能说我见识就少，但我不用打孝给我介绍他带给我的烟、酒、茶叶，只是眼睛那么轻佻的一瞥，即已知道那烟是一位身份独特的人，出镜在电视上淡淡地抽了一口而风行开来的细梗荷花牌烟草。而酒呢，就更好辨识了，是称之为"国酒"的十五年茅台。再是茶叶，仅从容器上我就看得出来，是福鼎产的白茶了……前年受邀福鼎采风，我收了人家的润笔，给人家写了文章，还写了毛笔字，容器包装上的封条，毫不掩饰地用了我的毛笔字和我的署名，经营白茶的老板说了，说他们福鼎白茶，一年为茶，三年为药，七年为宝，我对茶老板的宣传深以为然，因为有了那次文学采风，从此我就情有独钟地爱上了他们的白茶。

打孝把他带给我的三样豪礼，一一介绍给我时，说到了福鼎白茶，他说了，说他把别的什么红、什么青、什么黑，统统放弃不喝了，现在要喝，就只喝福鼎白茶。

为了证明他说得不虚，还把我搬出来了。

打孝说：知道吗？都是因为你我才改喝了福鼎白茶。

打孝说：我就相信你，听你说的话。

按说我是不能再对打孝没有礼貌了，乡里乡亲的，都是凤栖镇上的人，他满怀情意地找到我，我能一直让他的热情，紧贴我的冷屁股吗？但他的那一副做派，实在让人看着别扭，我努力调整着我的态度，却还是不能忍地给他把那六个字、三句话，详细地说了出来。

我给打孝说：听话，你老爸让你小时候听话，你还记得吗？

我这么给打孝说，并不是为了征求他的意见，引发他的回忆，而全是随着自己年龄的增长，在自己心里生发出来的一些感受，发酵着，很想有个能说话的人，给他倾泻出来。不幸的是，找我来的打孝，成了我倾诉的对象，不管他想听不想听，我都是要照着我的思路，给他说了呢。我说打孝，你也许不记得了，但我是记得的，我小时候长在咱凤栖镇上，我父亲就经常告诫我要听话。都是无知的小孩子，哪里能如父亲告诫的那样，事事听话，处处听话，背过父亲的眼睛，总要弄出些不听话的事儿来。父亲知道了，告诫我的就还是让人烦不胜烦的听话。如果我再不听话，父亲的巴掌就上来了，严重时，还要顺手脱下他的鞋子，用硬得像铁板似的鞋子，打我的屁股。父亲的鞋底打着我的屁股，打得那叫一个响亮，他打着我，嘴上一遍遍地还在告诫我，要我听话。

打孝完全没有意识到，我会自揭自己小时候的烂疮，这使他莫名地开心了起来，既手舞足蹈，还一脸的坏笑……他顺着我说的话，也不加掩饰地揭起了他的疮疤。

打孝说：都一样，我爸在我小的时候，就没少告诫我听话。

打孝说：我爸不只脱下鞋子，用鞋底打我要我听话，方便时，手边有棍子，他就顺手拿棍子要我听话，如果是比棍子粗点儿的棒子，他照拿不误，拿在手上打我仍然要我听话。

打孝与我把话说在了一起，这使我很高兴，我因此又加问了打孝一句。

我问打孝，说：老父亲无一不是打着少小的我们，要我们听话，你知晓为了什么吗？

我的问题是突然的，打孝回答不出来，而我也没想让他准确地回答出来，我自顾自地说出来了。

我说：立信。

我还说：父亲们的良苦用心哩，打着也要我们听话，就是想让我们自小树立起自己的人生信誉。

我说着还加重了点语气，又说：人无信则不立。

打孝非常赞同我的观点，他一连声地呼应着我的话，说你说得对，太对了，小时候挨父亲的骂，受父亲的打，真是没有白挨白受，给你这么说来，我心里好受多了。

打孝心里有什么不好受的呢？他找我来，大概就是要说他心里的不好受吧。但却被我说的话，一时遮蔽了起来，而一心想听我继续往下说了。

心急的打孝，催促起了我。

打孝说：头两个字一句话，我听进耳朵里了。后边呢，还有四个字两句话，都是什么呀？

打孝说：你快都给我说出来。

三

心有所想的话，能有人听，听得还很上心，可说该是一件乐事了呢。

受到打孝的鼓励，我给他说了，一边给他说，还一边要他想，想我们人，长在父母身边，长大了，成人了，有了自己的工作，有了自己的事业，可我们还是会遇到新的问题，产生新的困惑，我们回到父母的身边，心里想着不要给父母说，但我们心不由口，这就不能忍受地给父母说着听了。

父母听了后，会怎么回答我们呢？

说到这里，我有意识地停顿了一下，希望打孝能很好地回答我，可他一脸的迷茫和懵懂，看着我，十分虚心地等着我给他说了。

我开心打孝的那种虚心劲儿，因此给他说：不怕。

我两个字的"不怕"才从嘴里吐出来，便立即获得了打孝的呼应。

打孝说：你说得太对了，我爸是什么人呢？平头百姓一个，就知道在咱凤栖镇的地里刨食，在我创业时，给他摆困难，说不易，他就给我鼓劲打气，一回一回说不怕。

打孝的呼应，满足着我的虚荣，我因此顺着他的呼应，又问了他一句。

我说：啥叫不怕哩？

我这一问，把打孝给问哑巴了。他把他虚心的脸儿，重复地聚焦在我的嘴巴上，又在等我说了。

我说：立业。

我进一步说：天下的父母都是这个样子，他们绝大多数，不是在土地里劳作，就是在车间做工，或是在建筑工地和灰浆、搬砖头，或是在更不堪的岗位上做事，他们有一个共同的名字，也就是我们常说的劳动者……我们劳动者父母，地位不高，能力有限，但他们作为父亲，身为母亲，这便给了他们充分的理由还有胆识，站在我们的身后，成为我们的靠山！

我的话在打孝的心里产生了怎样的作用，我不能看得很透，但我看见他颤抖的手，端起我泡给他的福鼎白茶，凑到他同样颤抖的脸唇上，滋溜吸一口，滋溜吸一口……他几口就把茶杯里的茶吸干了。

我起身给打孝吸干了茶水的茶杯里续着水，还想就我说的话题，再发挥几句，可打孝先于我说上了。

打孝说：我爱听你说的话。

打孝说：我听得懂你说的话。

打孝说：你说了第二句话的两个字，不是还有第三句话的两个字吗？你一块儿说出来好了。

我能怎么办呢？看着打孝满身的真诚劲儿，我还能作势不说吗？那就不是我了，我常常心有所想，便会急切地找人说出来，说慢了，还怕憋在肚子里，憋出个好歹来。我平时的那一种德行，让有那么点自省能力的我，曾经没少汗颜过，怕人诟病我好卖弄……卖弄就卖弄吧，哪怕打孝这么看我，我也是要和盘往出端了。

我说：小心。

最后两个字说出口，我没有立即给打孝作进一步的解释，而是给他说，"听话，不怕，小心"，说起来庸常，听起来平常，但理解了三句话六个字的内涵，可就不庸常不平常了。前面说了，听话在于立信，不怕在于立业，但最关键的要数最后一句话两个字了。我这么给打孝强调着说来，看见他目不转睛地盯着我的嘴巴，生怕一不留神，听漏了从我嘴里吐出来的话。

认真听我说话的打孝，十分赞同我前面说过的话，我重复地强调着，他重重地点着头，并以他大明白过来的态度，插话催促我了。

打孝说：你最后"小心"两个字，莫非说的是立身。

我佩服起了打孝，对他当即刮目相看了起来，并在嘴上肯定了他的猜想。

我说：是的，你猜对了，就是立身。

我肯定着打孝，钦佩着打孝，不仅没了对他的不敬，还丧失了自己有着的那点优越感，而开诚布公、平心静气地与他说了。我说我们人啊，活上一辈子，上天也好，入地也罢，终了都脱离不了这三句话六个字，特别是最后的"小心"两个字，可是要紧得很呢！我们听话立下了自己的信念，不怕立下了自己的功业，可是不能不小心，不敢不小心，不小心摔上一跤，如果只是生理地摔，也还好办，腿断了，胳膊断了，住进专业的医院里去，钻眼打夹板，包扎上石膏，挨疼受苦一些时日，还有站起来走动的机会。而如果精神性、灵魂性地摔了自己，趴在了地上，怕就再没有站起身来的机会了。

我的话说到这里，打孝自言自说呼应着我也说了。

打孝说：不仅自己趴在地上站不起来，还会影响到自己的儿孙，一家人几辈子都不好站立起来了。

我赞同打孝的呼应，便不无遗憾地说：我老爸就给我这么说过。

打孝依然呼应着我，他说：我老爸也给我这么说过。

我和打孝都这么说着，应该都是想起了我们陈仓城的前两任书记，他们在任的时候，是多么风光啊！全都不可一世的样子，张张扬扬升到省上来，一个做了省委常委，一个做了副省长，但结果都落马下来，成了千人唾弃、万人咒骂的腐败分子，戴着脚镣、手铐关进了戒备森严的监狱，苦度铁窗生活，吃起牢饭了。

能怪谁呢？只能怪他们自己不小心啊！

我没头没脑地说了这样一句话，再看总是呼应我的打孝，发现他这一次没有呼应我。他不仅没有呼应，而且还咧起嘴唇，闭上眼睛，哭出了两串黄蜡蜡的眼泪。

四

打孝的胳膊上，佩戴着一圈黑色绣着"孝"字的袖标。

哭出眼泪的打孝，本能地抬起右手，抚摸在了左胳膊的"孝"字的袖标上。他抚摸"孝"字袖标的动作是轻柔的、舒缓的，仿佛他抚摸的不是一道布缝的袖标，而是一个有血有肉的生命……我与找上我门的打孝拉话，居然就疏忽了他胳膊上的袖标，我为此惭愧起来，随即心里也就多了几分自责，自责自己起先是太轻忽打孝了。当然，我这么对待打孝，不是没有我的原因。我生在凤栖镇，刻苦读书，高考上了大学，毕业后留在陈仓城工作，为了养家糊口，我有去党政机关坐班的机会，但我执着于热爱的文学书写，就选择了《陈仓日报》，从一个跑新闻、抓消息的小记者做起，先把自己做成报社政文口的首席，从首席记者又做到部门主任，再把部门主任做到了报社的副主编……我自信要不了三年时间，报社的一把手我是能攥在手里了，因为我主笔写的两名先进典型，不仅火遍了陈仓市，还火遍了全省及至全国，他们一个在农业战线，一个在工业战线。但就在组织部门来报社考察、准备提拔我的时候，我用一纸传统竖格宣纸信笺，以我练习了多年的毛笔字，工工整整地写了两句话，找到市委书记，把那很是讲究的信笺，恭恭敬敬地呈送到了书记的手上。

我是等在书记的办公室门口，把信笺交给他的。

在报社工作有这个条件，能够很容易地见到市级政坛的有权人物。当然也能很容易见到市面混得很开的有钱人。而这也正是我心里所谋划的，既能以记者的身份下基层，跑乡村，跑厂矿，跑商业，还能不失体面地与有权的人、有钱的人聊天打交道，聊得愉快时，无论有权的人，还是有钱的人，更会拉着你聚在有吃有喝的地方，推杯换盏，海吹乱说的哩。那个时候，是朋友不是朋友，这时候都成了朋友；是兄弟不是兄弟，这时候也都成了兄弟……此为我生活的积累，别人看不出来，我自己知道，在我内心深处，有一星文学的火苗，一直摇曳着，随着年龄的增长，不但没有熄灭，反而燃烧得越来越旺，逮着提拔我上位的时刻，我是怎么都压制不住那一星文学的火苗，我决计要走出一条自己的路了呢。

进了书记的办公室，他打开我写给他的信笺，看见的是我写给他的这样两句话。

给自己留点时间，给他人留点空间。

我写给书记的信笺，非常纯粹，没有起头"敬爱的……""尊敬的……"什么字样，开门见山，写下来后，自然地也就没署我的名字，没写日期。书记的眼光落在信纸上，先是敷衍地一眼瞥过，但他把我看了一眼后，又当即收起他敷衍的眼神，而以一种凝重的神情，把我写给他的信笺，仔细地看了几遍，然后问了我一句话。

书记问：这两句话，你是从哪里找来的？

我们陈仓市的市委书记可不是无知的大文盲，他有很好的文化修养，既有大学文科的学历，还有各级党校深造的经历，他咂摸出来我那两句话的意思了，也知晓这是我个人的体会，他如此问我，只是为了进一步探寻我内心的想法。因此，我没有糊弄书记，而是给他坦白了。

　　我说：书记明察秋毫，看出我的心意了吧！

　　我在给书记回话的时候，他的眼睛还没从我送他的信笺上抬起来，好像他特别欣赏我的信笺似的，没有太在意我回答他的话，而是依然我行我素，按照他心里想的说我了。

　　书记说：长进咧！

　　书记还说：你的蝇头小楷，是可以称之为书法作品了呢。

　　书记又说：是你送给我的，我就不客气了。

　　书记说着，拉开他办公桌上的抽屉，把我送他的信笺，很是珍爱地顺了顺，便顺手放进了抽屉里……书记这种揣着明白装糊涂的做派，我自叹不如，他在官场上把自己做成精了，雷厉风行时，他搞得山呼海啸，刀下见菜；而他一旦主意未定，想要放一放、想一想时，就木讷懵懂，极为不解风情……我对书记给我玩的这一套把戏，在来找他时，心里就有了准备，所以我在心里把他并无恶意地骂了句"老油条"后，嘴上也没有放过他。

　　我说：书记表扬人，不用交税是吧！

　　我说：给书记卖弄书艺，那不是我要做的事。

　　我说：我不想把时间都给了他人，我想给自己留一点，做点自己想做的事。

书记的目的就是想让我发急，我这一急，他笑起来了。

书记笑着给我说：看来我是挡不住你了。

书记说：我把你给自己留点时间、给他人留点空间的话记下了。

书记说：我不难为你，你自己选择吧。

书记善解人意，从此不仅保留下我原来的职级，还提拔了一级，去到文联那个清水衙门，埋头在自己的文学场域，做着自己想做的事。然而单位里、社会上，总有这样的事，那样的事，七七八八地找了来，既要分我的心，又要分我的时间，让我烦不胜烦，其中最要命的一类人，就是我们凤栖镇上的乡里乡亲了。他们中的很多人，沾亲带故的理直气壮，不沾亲带故的也不示弱，他们谁有个不凑手，张嘴借钱，我能不借吗？还有的人孩子没工作，找上门来，要我给他的孩子安排，更有甚者，还带着他的孩子一起来，背着铺盖卷儿，把他的孩子和铺盖卷儿，给我家里一放，拍屁股就走人，我想拦都拦不住，只听他说，我的孩子就是你的孩子，我就撂你家里了。

因为打孝的眼泪，我走了一会儿神，想了这许多事情，想着竟然说出了这样一句话。

我说：他的孩子，怎么就是我的孩子了？

我这句生气上火的话，把打孝说得愣怔起来了。他愣怔了一刹那，不禁破涕为笑，仿佛窥探出了我心里的秘密似的，顺着我说出口的那句话，他深有同感地安慰我了。

打孝说：是咱凤栖镇上的乡党，给你那么说的吧！

打孝说：他们真能那么说？

打孝说：这可是太难为人咧！

五

劝慰性地给我说了三句话后，打孝告辞着要走了。

戴着"孝"字袖标的打孝，寻到我门上来，绝不是劝慰我来的，他应该有他找我的事，他不给我说出来就走，惹得我不好意思起来，就一脸歉意地送着他，我希望他把他要给我说的事情说出来，可是直到我把他送出我家的门，他都没有说，而是趁着等电梯的时间，说了这两句话。

打孝说：乡里乡亲的，你不要计较他们。

打孝说：像你一样，我也没少受那样的连累。

打孝把这样两句话撂给我后，电梯的门开了，打孝便再也没有说啥，而是走进电梯，向楼下去了……匆匆而来又匆匆而去的打孝，像个谜一样，几天来纠缠着我，使我难以放下，我想，他是一定还会来找我的。

我的猜想没错，几天过后，打孝果然又到我家里来了。

打孝前次来我家，我是排斥的，而这次来，已经变成了我的期待……在我期待他来的这几天时间里，从我的记忆里，努力发掘着关于他的记忆。虽说我与打孝不怎么熟悉，但因为是凤栖镇里人，多多少少还是知道他点事情哩，特别是镇子里找我说话办事的人，除了说他们自己的事，顺嘴也会说说镇上其他人的事，而被众口说得最多的那个人，就是打孝。

我听人说：打孝被他老爸打惨了。

我听人说：他老爸打打孝真下得了手，还没长成个人哩，就被他老爸打出凤栖镇，打得不知跑去了哪里？好些年连个消息都没有！

我听人说：挨了打的打孝，倒是没有辜负他老爸的棍棒，再回咱凤栖镇里时，那个出息劲儿，让人都不敢相信。

众口嘴里的打孝，有褒有贬有细节，使我在期待中，把打孝基本描绘出个样儿来。也就是说，打孝在凤栖镇西街村，自小饱受他老爸棍棒的捶打，让他的皮肉吃了太多的苦头……在这一点上，就是凤栖镇来找我的人不说，我也是知道些的。

然而别人的老爸，举着棍子棒子打孩子，举得也很高哩，而落下一定不会很重，而是很轻很轻的哩……自己的骨肉，打坏了怎么办？做老爸的心照不宣，举着棍棒打娃娃，打是形式，是个样子，吓唬吓唬自己的娃娃就够了。但打孝的老爸，把形式和样子，当成真的，我在凤栖镇的时候，就曾见过打孝被他老爸棍棒挟持后的模样，不是腿上有伤，就是胳膊上有伤，便是头脸，也时常这里伤了，那里伤了……棍棒下的打孝，到他长到十六岁的时候，终于忍无可忍地跑出家门，跑出了凤栖镇，背井离乡地流浪去了。

打孝别家离乡的时候，我已早几年走出了凤栖镇，所以他的情况，虽然有凤栖镇找我办事的人，给我传说一些，但我知道得还是有限。

打孝老爸，那次打他儿子打孝，是下手最重的一次。

打孝的老爸为什么打他儿子打孝？我向给我述说的凤栖镇人请教，把述说的人请教得一头雾水，他们没人知道为什么，只是说打孝他爸打他儿子打孝，想打了就打，谁知道呢？哪一次都一样，就那么糊里糊涂地手举棍棒，把他的儿子打孝，从他家门里打出来，打到凤栖镇的街面上，打孝为了躲开他老爸的棍棒，在前头拼命地跑，这样的情景，凤栖镇上的人见多了，就都没太当回事，而像看什么戏耍一样，乐乐呵呵或游走，或站下来，看打孝他们父子跑……不过，打孝他爸打打孝，在他们父子身后，追着来的还有打孝的母亲和打孝的两个妹子，全都亦步亦趋，鼻涕眼泪地招呼打孝，要他跑快些，不要回头，跑出凤栖镇了继续跑，跑得远远的，就没有棍棒打他了。

打孝母亲和他的两个妹子的呼叫声，掩盖不住打孝老爸的吼骂声。

打孝老爸吼骂得震天动地，他吼：你娃不是很能挨打吗？你站着不要跑。

打孝老爸吼骂得天塌地陷，他骂：我今日不打死你，我就不是你爸。

镇子上人记得的，就是打孝他爸吼骂打孝的这两句话。

因为那次，正如打孝的母亲和两个妹子招呼说的话一样，打孝不仅跑出了家门，跑出了凤栖镇，他一直跑，没有回头……打孝跑得杳无音信，跑得许多年不见人影。

凤栖镇上从此不见了打孝他爸棍棒挟持打孝的风景了，却又多了一个打孝母亲想念儿子打孝的啼哭声。打孝母亲的啼哭，是真心真意的，但像凤栖镇上其他女人的啼哭一样，很有些喜剧的效果。

打孝母亲啼哭着是要诉说的。她啼哭在她的家里，啼哭声不仅会传到家外的街道上，也会传到凤栖镇的街面上，戚戚哀哀、幽幽怨怨、不绝如缕。

打孝母亲哭诉：短寿死的，你还我儿子。

打孝母亲哭诉：短寿死的，我要我儿子。

六

在打孝母亲的哭诉声里，打孝的两个妹子先后出嫁了。

打孝的两个妹子，一个叫打芳，一个叫打香。打孝的老爸，打起儿子打孝来，一点都不客气，但对打孝的两个妹子，却客气得很。自从出生，长到出嫁，他连一个额头锛儿都没弹过……女儿家在凤栖镇是叫姑娘的，也就是姑且长在娘家的意思，为父亲的犯不着打，也用不着打，长到一定年龄，就成了一盆水，愿不愿意，甘心不甘心，是都要狠下心来，泼出家门的呢。

如水一般的打芳和打香，被泼出家门后，思念儿子打孝的母亲，一病不起，到她生命的最后一刻，也许她骂不动"短寿死的"的话了，就只念叨着"还我儿子！""我要我儿子！"而瞪眼蹬腿地咽了气。

咒骂哭诉打孝老爸"短寿死"的母亲，没能长寿，短寿而亡，而承受着"短寿死"骂名的老爸，却命硬得很，不见被他打出门的儿子打孝回来，就鳏居在家里，把自己混得不耐烦了，连自己都骂起了自己"短寿死"……他咒骂着自己"短寿死"，咒得自己失望、骂得自己绝望的时候，打孝却像天上掉下来似的，回凤栖镇里来了。

打孝回凤栖镇是突兀的，就像来我家一样。

打孝再次来到我的家里，像他头一次找我来一样，带来的伴手礼还是茶叶。头一次，他拿来的是珍贵的福鼎老白茶，这一次他拿来的是名贵的武夷山岩茶……岩茶者，谓之"岩岩有茶，非岩不茶"。那样的岩壁，我虽然未能登临，却也知晓，深坑巨谷，陡壁悬崖，茶田利用岩凹、石缝、石隙，沿边筑砌石坎，仿佛盆栽一般。茶树中最为人称道即是名冠寰宇的大红袍……打孝给我拿来的就是大红袍。

打孝没说他拿给我的礼物有多贵重，很随意地放在我家不甚显眼的地方，就给我说起他多年后初回凤栖镇的情况。

打孝这么说来，还把他羞得红了脸。他说：我把咱凤栖镇上的人吓着了。

打孝说：我老爸以为我做了匪徒，抢劫来了太多的财富！

打孝说：咱们凤栖镇上的人也以为我在外为非作歹，弄下那么多钱财！

打孝说：我没有做匪徒，我更没有为非作歹，我……

打孝说着说不下去了，但我不用他说，也想得明白，他是受了太多的苦，吃了非人的罪，才有了他后来，风风光光地回凤栖镇来……他回凤栖镇的那天，正值春暖花开的日子，镇子外的田野上，过冬来的小麦起了身，过冬来的油菜开了花，还有形形色色过冬来的草木，也都呼吸着春的气息，蓬蓬勃勃地绿着它们的绿，彩着它们的彩。不过，所有的绿，所有的彩，是都不能与小麦和油菜花相比的……流浪在外的打孝，心里怀想着凤栖镇，怀想着生活在凤栖镇上的老爸老妈，还有他的妹子。在他深刻的怀想中，凤栖镇周边的田野，该是一处自然的大舞台，春天的小麦苗是独一不二的主角，油菜苗适配于小麦苗，是小麦苗不离不弃的绝配，两者一个深沉宏博，一个鲜艳靓丽，深沉宏博的小麦苗，如绿色的海，因为春风的作业，推推挤挤，起起伏伏，无边无际；而油菜苗则如金色的飘带，这里一条，那里一条，坦坦荡荡，烂烂漫漫，没头没尾……三三两两下地的人，忙碌在这如诗如画的田野上，他们没人能预料得到，被打孝老爸打跑了的打孝，赶在这个时候回来了。

打孝记得很清楚，他被他老爸打出家门、打出凤栖镇的日子，恰也是春暖花开的日子。

那次出凤栖镇，打孝跑得狼狈极了，他没有觉出田野上的小麦苗、油菜苗的深沉和烂漫，但他流浪了些年头，再回凤栖镇，感觉大为不同，一样的田野，一样的小麦苗，一样的油菜苗，当然还有一样的春风，确实那么美好！坐在德国进口的奔驰汽车上，打孝几次想要驾驶小车的司机停下来，让他走出豪华的小汽车，走进田野上的小麦地、油菜地里去……打孝忍了忍，忍到快进凤栖镇里去的时候，他不能再忍了，断然叫停了小车，一把推开车门，双脚便挪到车外，站在凤栖镇的大地上，也不管他身穿的名牌衣裳，以及名牌皮鞋，就兴奋地往路边的小麦地里钻了，钻进小麦地，他俯下身子，用他的脸在青碧的麦苗上贴了贴，就又钻进油菜地，依然俯下身子，用他的脸在黄亮的油菜苗上贴了贴……打孝的这一举动，立即引起了在田野上劳作者的注意。

　　其实，田野上的劳作者在打孝还坐在奔驰车上没露脸的时候，就已经注意上了他。

　　劳作者虽然见识过一些小汽车，但像打孝坐的奔驰车，当时还是很少见……那一种奢华，那一种贵气，太震慑人了！谁会乘坐这样一辆小汽车呢？镇长是不能的！县长也是不能的！凤栖镇上的人，视一县之长为最了不起的人。那么坐在这辆黑乌乌、耀日映月般小汽车里的人是谁哩？陈仓市的市长吗？省里出来的省长吗？四散在田野上劳作的凤栖镇人，任凭他们的想象多么飞扬，都没人想象得出来，坐在这辆小汽车里的人，就是被他老爸打跑了的打孝。

打孝从小汽车里走下来，走进了小麦地，亲近着绿汪汪的小麦苗，走进了油菜地，亲近着黄亮亮的油菜苗……他的这些举动，让看见他的凤栖镇人，唯觉怪诞，不好理解，却还没人认出他来。离他相距较近的几个凤栖镇上的人，向他围了过来，其中就有打孝的大妹子打芳，还有他的二妹子打香。热腾腾的血啊，打芳、打香哪怕眼里的打孝生疏了，但她俩身上流动的血，与哥哥打孝身上流的血，隔空交融在一起，她俩认出哥哥打孝来了。

大妹子打芳一声惊呼：是你呀！哥。

二妹子打香跟着一声惊呼：哥啊！你回来咧！

大妹子打芳一声哥，二妹子打香一声哥，做哥哥的打孝，悬着的心踏实下来了，自己的亲人没有忘记他，心心念念地想着他……打孝这么想着时，大妹子打芳，二妹子打香，像两只飞动的蝴蝶，扑腾着撞进了他的怀里，举着她俩的拳头，在他的胸膛上、肩膀上又捶又打。

看到这一幕的凤栖镇人，都为他们兄妹的重逢而高兴，大家的脸上全都洋溢着灿烂的微笑，并且张嘴热情地招呼起了打孝。

有人说：不得了了！打孝坐上了那么高级的小汽车！

有人说：那么高级的小汽车，是你打孝自己的吗？

有人说：坐在里面闷不闷？

……

七

我给打孝冲泡着他前次送我的福鼎白茶，听他说他重回凤栖镇时的风光，我像当初见他回凤栖镇来的人一样，也为他感到高兴。

但我的高兴也仅停留在高兴的层面，却无法开心起来，因为在打孝给我说他回凤栖镇的风光前，凤栖镇找我办事的人，你一嘴，他一嘴地给我已经说了许多，从众人的嘴里，我既听出了羡慕，还听出了嫉妒，似还听出了一些怨愤……打孝初来找我时，我对他的态度，先入为主地受到了凤栖镇人在我耳边言语的影响。

他们有人说：我老爸在我小的时候，也打过我，我怎么就不知道跑哩？

有人还说：人家打孝那一跑，竟然把自己跑出息了，还不是小出息，而是大出息哩！

凤栖镇上人灌给我耳朵里关于打孝的话，以上只是羡慕，只是眼红，下来就是嫉妒与怨愤了。我能记得的就有这么些话。他们说了，你没见打孝回凤栖镇来的那个张狂，他老爸的六十岁生日都过去了，他赶回来，要给他老爸补过一个。他把咱凤栖镇两家餐馆的大厨，都请到他家里去，各盘各的灶，各开各的火，猪杀了好几头，羊宰了好几只，还有鸡、鸭、鱼等活物，他夺命不计其数，挨门齐户地请人，把咱凤栖镇南北东西四条街上的人家，每家一个代表，一个不少地请进他们家里去，胡吃海喝了两天……他们还说，打芳、打香是他妹子没错，姐妹俩一个从他们的西街村嫁到了东街村，一个从西街村嫁到了南街村，按说嫁得都还不错，他把他家的老屋扒了新盖，捎带着把两家妹子的旧宅，也都扒了新盖！凤栖镇四条大街，数百户人家垒屋盖房，都是一块砖、一片瓦、一锨泥建筑起来的，他倒好，砖头不用、瓦片不用，泥巴就更不用了，全是钢筋混凝土支了模板，从根儿往上浇筑。好些个日子和夜里，都是他们三家院子水泥搅拌机和浇筑混凝土振动棒的吼声，把咱凤栖镇吵了个天翻地覆，没人睡得安宁，便是养在家里的猪羊鸡狗，也被他扰动得乱跑乱跳，乱嚷乱叫！

一个暴发户样的打孝，在凤栖镇人给我的述说中，不折不扣地树立起来了。

凤栖镇上的人，用他们饱含眼红羡慕和嫉妒怨恨的情绪，灌输给我的打孝，再次鲜活地站在我的面前。我看着他，为他不禁操心起来，操心他在凤栖镇的人面前，可是不好做事，而且也是不好做人的了……当然，我还必须承认，凤栖镇人嘴里的打孝，乌鸡变成了凤凰，确实是一个值得让人眼红和嫉妒的人哩！

打孝回凤栖镇来，破茧重生般行有德国进口的奔驰小汽车，食有凤栖镇人眼里最好的饭菜，并在翻建了他家老屋和两家妹子的旧宅后，还大手一挥，出资了一百三十万元，为凤栖镇的镇办中学，新建了一座图书楼。

为镇中学捐建的图书楼，没有谁向他请求，他完全是自觉自愿来做的。

打孝没有给人说他捐建镇中学图书楼的原因，但他心知肚明，是为安慰自己的心灵，弥补他心头上的一个遗憾……打孝长在凤栖镇，上学读书在凤栖镇，虽然不能说他书读得有多么出色，但他还是很爱读书的，从镇小学读到镇中学，打孝想一直读下去的，可他有个严厉的老爸，总是对他棍棒挟持，让他太丢面子……他被老爸最后一次追打，还跑进中学的校门，想要以此为庇护，躲开他老爸的棍棒，好好在中学读书的，结果悲催得很，他想能够庇护他的中学校园，也没能庇护得了他，他老爸举着棍棒窜进中学校门里，在他的老师和同学们的面前，依然忘我地追打着他，他还能在中学校园里躲避吗？肯定是不能了。

老爸的棍棒，在校园里的一番追打，给打孝的精神世界，留存下了一幕梦魇般的记忆。

打孝想要抹去他记忆里的梦魇般的这一幕，思来想去，为他们镇中学捐建一座图书楼，也许是最能解决问题的一个办法……打孝在给自家老屋和两个妹子家的旧宅，大拆大建的时候，找了镇政府的领导，没怎么费口舌，简单地讲了自己的想法，便立即获得了镇政府领导的赞赏和支持。

镇政府领导闻言抓住他的手，摇了又摇，不无激动地说：你富贵了不忘故乡，我要送你一面锦旗，敲锣打鼓地送……我还要请来新闻媒体，采访表彰你。

镇政府领导的激动，没有感染到打孝，他婉拒了领导的锦旗，以及新闻媒体的采访和表彰，他冷静地给领导说了。

打孝说：给故乡做点事，理所当然。

打孝说：做好了，若说是荣誉，也是领导支持的结果。

镇政府领导支持，可用"刀下见菜"四个字来形容，奠基的日子，不仅镇政府的领导来了现场，镇党委的领导也来了现场，镇党委和镇政府的领导还从他们各自拥有的渠道，请来了一位县委副书记、一位副县长到了现场，他们大家与打孝，每人面前都有一把崭新的尖头锨，在锨头和锨把连接的地方，还都绾了一朵红绸的大红花，在摄影机的镜头下，围着一块刻着图书馆名称的奠基石，一起为奠基石培着土……开始的时候，镇党委和镇领导主张以打孝的名字命名图书楼，请来石刻匠人，都已刀刻在上面，打孝看见了，却没有同意，非常诚恳地劝说镇党委和镇政府领导，让他们做主，铲去了他的名字，改叫了凤栖镇让人最为熟悉，也最为朗朗上口的"凤栖"两个字。

建设镇中学"凤栖图书馆"的日子，打孝没再到工地现场上去，他怕人说他不放心他们，直到图书馆落成的日子，打孝才站在了钢筋混凝土气味以及油漆味浓烈的图书馆大门前，拍了一张纪念照，然后走进图书馆，看着空荡荡的书架子和阅览室的桌子，他又大手一挥，现场捐出六十万元，交给镇中学校长，走陈仓，去西安，转遍两城中的新华书店，买回了一捆一捆的图书，把图书馆满满当当地充实了起来。

镇中学的"凤栖图书馆",成了凤栖镇上的一景,不仅中学里读书的学子们可以自由地出入阅读,便是镇子上群众,赶在周六、周日的开放时间,也能自由出入借读。

打孝在一个晚霞落尽的傍晚,独自一人走进镇中学。

本来呢,打孝想走进图书馆里去,可是在他快要走近时,却站定下来未动,他看着灯光灿烂的图书馆,只觉心里如灯光一样暖,深藏在心里梦魇的那一幕,才彻底地落了下来。

八

从打孝说给我的话里,我听得出来,他是遇到难事了。

心里有了这样的猜测,我问打孝了:你来我家两回了,也说了不少话,但我知道,你把最想说给我的话,还没说出来。

打孝刚才红着的脸,才褪了点色,被我这么一说,就又红了起来,而且是比前次更深重的红呢!

红着脸的打孝依然给我不说出他最想说的话,我因此就又问他了:说吧,脸都红了,还有啥不好说哩?

我还说:在我这里,你不要有顾忌,想咋说就咋说。

我再说:你知道我干了许多年媒体,媒体人就是采访人,听人说话的。

在我一而再、再而三地动员下,打孝把他装在肚子里开不了口的话,给我说出来了。他在开口前,先把他面前多半杯放得凉了的白茶端起，猛地倾进了嘴里，他往嘴里倾倒得急了，有一部分茶水没能倾进嘴里，而是倾在了嘴唇外，淅淅沥沥地落下来，落在了他脖子上的领口上，他抬起手，用他的袖口把脖领上的茶水一抹，这就张嘴说开了。

打孝说：我老爸殁咧！

打孝说出这句话时，把他悲伤的嘴唇咧到了耳朵根。他是哭出来了呢，而我不想他哭出来，一个大男人，他老爸殁咧，可以在他家里哭，怎么哭都不为过，而且还会赢得他人的称赞，夸他孝心重，舍不得老爸走。我这么想着，便话赶话地说了他一句。

我说：你不说，我也猜到了。

我还说：生老病死，谁又能躲得过呢？没有办法，时候到了，眼一闭，脚一蹬，就都走了。

我又说：人不是树木，可以栽在世上。

我说的话，把打孝在我家里哭出来的欲望，堵进了他的嘴里，但他忍不住，还是抽泣了两声，就把他最终找我想说的话，一股脑儿说出来了。

打孝说：我是孝儿吗？

打孝说：我想不通，就想能动刀子的话，可以把我的心掏出来，看我的心是红是黑，是把孝敬老人的心没用足？没用够？你给我评评理，我被我老爸打出家门，打出凤栖镇，再回家里来，再回凤栖镇上来，我把能尽的孝心，想着法子都尽上了。

打孝说：我问心无愧。

打孝说：可我成了个不孝的儿子！

九

凤栖镇乃至古周原上，传承着一条惩治不孝人的习俗，难道打孝被惩治了？

我的猜想没错，打孝是被惩治了。

打孝的老妈在打孝被他老爸打出门来在外流浪和创业的日子里，无一日不想她的儿子打孝，无一时不念她的儿子打孝，老妈与老爸，因此别扭了许多年，使想着念着打孝的老妈，想念成了病，老妈早早地撒手而去，没能等到打孝的归来，没有享受到打孝归来她能享受到的福，她能享受到的孝，留下被老妈咒骂为"短寿死"的老爸，快快乐乐地享受到了打孝带给他的福，实实在在得到了打孝给予他的孝……为老爸过寿，宴请凤栖镇的众乡亲，给乡亲中六十岁以上的人发红包，以及给镇中学捐建图书楼，使老爸感受到他生命的荣耀，只是打孝所做诸多事情的一小部分，他还对老爸做了许多老爸做梦都想不到的孝行哩！

老妈不在了，打孝把对老妈的亏欠，加倍补偿到老爸的身上了。

凤栖镇上的人，像古周原上的人一样，以给自家的老人置办一件宁夏出产的九道湾羊羔皮大氅为荣，打孝驱车宁夏戈壁滩，在原产地找最好的手艺人给老爸长的、短的各添置了一件……老爸有抽烟、喝酒的习惯，原来抽的都是自己种植的老旱烟和散装的土酒。老旱烟的味道太浓烈了，土酒的味道太浓烈了，哪里是专业工厂调制加工的品牌香烟和品牌名酒可得了的。打孝未被他老爸打出家门，打出凤栖镇的日子，他见多了老爸抽旱烟的情景，以及喝土酒的样子。随便什么地方，是一棵树，是一堵墙，老爸靠上去，便从裤兜里掏出旱烟袋，再顺手摸出一张他写过作业的纸条儿，横着打个折，撒上碎了的旱烟叶，拧住一端，自然地卷起来，卷成小喇叭状，叼在嘴上，打火点起来，抽上一口就是一连串的咳嗽，像是砍柴一般，咔咔咔……要咳嗽好一阵子。老爸酒瘾上来了，他走进镇子里的小商店，直直地去到装着散土酒的大缸前，向售酒的营业员，递上去三毛五毛的碎钱，人家照他递来的钱数，用那铁皮焊制的舀勺，一两二两，从酒缸里打出酒来，倾在一边的碗里，老爸端起酒碗，从小商店走出来，眯细着眼睛，把天上的太阳照看一下，然后埋头酒碗，十分享受地啜吸一口酒，反反复复地抬头照看太阳，反反复复地埋头酒碗，直到把酒碗里的土酒喝干了，还要伸出舌头，舔尽碗底的酒沫子，才依依不舍地往小商店里送……那个时候的打孝，虽经常挨他老爸的拳脚，但他见着了老爸抽旱烟、喝土酒的模样，还是在心里盘算着，并决心下来，到他长大成人，一定要让老爸抽上有牌子的香烟，喝上有牌子的美酒。

如今的打孝，有条件孝敬老爸，来抽有牌子的香烟，来喝有牌子的美酒了。

凤栖镇上的人，相信陈仓城出产的好猫烟，是人世上最好的香烟，还相信雍城柳林镇酿造的西凤酒是天下最好的美酒……打孝走南闯北，知晓还有香烟中的极品中华，美酒里的极品茅台，因此，他给老爸买回来了中华烟和茅台酒，但老爸反而说他糊弄他，说他真想孝敬他，就给他把好猫烟与西凤酒往家里拿。打孝知道为人子应该孝顺的道理，而且更进一步地知晓，孝顺两个字，做到孝要容易一些，而顺就难了。有钱的人，把钱大把大把给老爸就是孝；顺则不同，就是要逆着自己的心性，顺着老爸的想法，听老爸的话去做才对。打孝听了老爸的话，顺了老爸的意，他整箱整箱给老爸往家里搬好猫烟、搬西凤酒……在老爸去世前，打孝回到凤栖镇的家里来，总能看到老爸招呼着凤栖镇上的老人，还有闲人，聚在他的身边，在家里抽好猫香烟，喝西凤美酒，说着不着边际的话。

谈话里有人说：上有天堂，下有苏杭。

打孝听见了，就把老爸带着，坐飞机逛了苏杭。

谈话里有人还说：北京、上海才是大城市。

打孝没有犹豫，他毅然带着老爸上北京，去上海……天堂也罢，大城市也好，老爸见识了后，固执地认为，天堂不如凤栖镇好，大城市不如凤栖镇好，他们天堂和大城市，除了楼高人多，灯火亮，还有什么呢？有咱们的凉皮、搅团、臊子面吗？没有。有咱热热乎乎的乡亲乡情吗？没有。老爸因此再不听他人的谈话了，他安心生活在凤栖镇被打孝翻修一新的宅子里，继续着他呼朋唤友抽好猫烟、喝西凤酒的神仙日子。

凤栖镇上的人都说，打孝的老爸可是过上神仙日子咧！

十

打孝的老爸是过上神仙日子了。可他知道，他儿子打孝是如何让他过上神仙日子的吗？

这个问题，打孝不给我说，我也是要问的。在媒体有着长期工作经验的我，是有那么敏感的哩。被他老爸打出家门、打出凤栖镇的打孝，一定经历了很多他不好启齿，甚至使他难堪、难受的事情呢！

我的敏感没有错，在我的家里，我从打孝的嘴里问出了一些他不愿意说，却让他痛苦难受、如鲠在喉、不吐不快的事情……他老爸把他打出家门、打出凤栖镇最初的日子，他没有走远，还在凤栖镇周边的村寨里游荡，而他游荡最多的地方，就是凤栖河了。

古周原上的河流，有一个共同的形态，那就是远古的时候，河流寻找着自己的出路，沿低凹地随意地流淌着，流淌的河水不会白流，总要带着河床底的泥土，往下游移动。一年年的移动，使得原本较浅的河床，不断地陷落，到如今陷落成一道深深的沟谷，紧紧地夹着蛇一般扭曲的河水，在深沟里蜿蜒。因此，还带来了许多意想不到的好处，沿着河谷两岸，生长着许多草木，蓬蓬勃勃，葳葳蕤蕤，煞是茂盛。有挂满桑葚的野桑树，有杏儿熟透在枝头上的野杏树，还有李子半生不熟掩映在树叶下的野李子树……再者有匍匐在地扯着蔓、结着果的绿色的蒿瓜瓜、红色的草莓果，这些都是打孝所熟悉的，他上树摘来桑葚、杏儿、李子，弯腰摘下草莓、蒿瓜瓜，塞进嘴里吃了，都是可以果腹的。他不想见人，特别是认识他的凤栖镇上的人，他只觉他当时的样子，是太丢人了。

不想见人的打孝，白天钻在凤栖河河谷里，摘野果子吃；到晚上，随便爬进那孔土窑洞里，铺些他搂进窑洞里的败草，对付着睡一觉。

凤栖河两岸的土崖，多有不知什么年代人工开凿的大窑洞，打孝有吃有住，在凤栖河河谷不人不鬼地逗留了些时日，他前思后想，前边思量着回凤栖镇去，后边立即又想着不能回……凤栖镇中学三年级学生的打孝，快要毕业升高中了，他已经有了独立思考的能力，以为十六岁的他算是个血性的男子汉了。

男子汉跑得出家门，跑得出凤栖镇，就应该像男子汉一样，不干出一番事业，就绝不回家。

主意已定的打孝，心里想着远方，他把他近些日子的游荡，要身体力行地变成未来的闯荡。而且他为自己的闯荡，业已准备下了些微资本，那就是他游荡在凤栖河谷的日子里，采摘来的中草药了……打孝记得很清楚，他从读小学一年级时候起，就常要下到凤栖河谷采掘中草药。所以有此行为，都在于他老爸的催促，他上学读书，要交学费，要买课本、作业本，还有笔和墨，老爸黑着脸不给他钱，只教他自己下凤栖河谷挖刨。打孝在凤栖河谷，攘着中草药挖刨了近十年，挖刨出来的中草药交售后的所得，不仅满足了他上学读书的全部费用，还有一定的剩余，交给老爸补贴家用。长此以往，打孝认识了许多能够治病疗疾的中草药，譬如藤本的大血藤、地龙、虎杖藤、络石藤等，草本的蒲公英、远志、青蒿、白蒿等，木本的黄柏、红柴、羊咪青、连翘……游荡在凤栖河谷里无所事事的打孝，摘来野果子吃了后，把采掘中草药的全部技能都使了出来，满河谷攘着应季应时可以采掘的中草药而去，采掘了不少中草药，晒在太阳下，晒干了捆起来……打孝在他决心要去远方追寻他的未来时，站在他打成捆的中草药前，仔细地看了好一阵，他把自己看笑了，以为这该是老爸用他的方式，给予他的一种馈赠哩！

打孝这么想着他老爸，在他起身要向远方出发的那天晚上，趁着凤栖镇上的人家全都黑了灯、睡在被窝里的时候，他回了一趟镇街，并去到他家的大门前，双膝跪下，对着紧闭的大门，深深地磕了三个响头，然后站起来，去了他游荡了些日子的凤栖河谷。

再来凤栖河谷的打孝，没有了顾虑，没有了犹豫，他弯腰背起他所采掘到的中草药，头也不回，十分决绝地向夜幕中走了去，他步行了四十多里的路程，赶天亮时，南下到了扶风县城，找着中药材收购站，把他背来的中草药，一股脑儿交售出来，获得了二十多块钱的票子，他攥在手心里，并揣在裤兜里，去到县城边上的汽车站，登上一辆长途客车，西去两百余里，到了在他眼里繁华无比的陈仓城，开始了他一个十六岁少年艰难而不平凡的人生。

十一

打孝渴了呢！

打孝饿了呢！

繁华的陈仓城不是凤栖河谷，打孝渴了，趴在河边，双手掬着河水就能饱饮一通；打孝饿了，自然有野桑葚、野杏儿、野李子、野草莓、野蒿瓜瓜，凭他摘了来吃……陈仓城里只有大楼、只有汽车、只有人流，一座比一座高的大楼看不到头，一辆比一辆漂亮的汽车连成了线，一个比一个光鲜的人成了人的潮流，急急忙忙，谁会注意打孝口渴了？谁会关心打孝的肚子饿了？

在扶风县售卖中草药获得的二十多块钱，打孝除了买了一张到达陈仓城的客车票，到他的脚踏上陈仓城的地面，没有顾得上买水喝，没有顾得上买饭吃，就一直在思考！接下来的路该怎么走呢？到哪里去填充自己饥饿的肚皮呢？

如火如荼的城市建设工地上，吭哧……吭哧……闷沉沉震响的是打桩机声，呵嘟嘟……呵嘟嘟……脆生生喧响着的是水泥搅拌机声。打孝听着那些个机械的吼叫声，便举头眼望这里一群拔地而起的新楼房，那里一组拔地而起的新建筑，他饥肠辘辘地瞅着一家围墙塌了个豁口的工地走了进去，走到一个呵唧唧响动着的搅拌机前，也不问人家要不要他插手，他即抓起一把闲着的大铁锨，学着站在搅拌机前往搅拌机里喂着砂石和水泥的人的样子，两铁锨的砂石，半铁锨的水泥，也往搅拌机的铁嘴儿里喂了。

打孝的举动，立即引起了那位给搅拌机喂砂石和水泥的人的注意，在打孝学着他的样子喂起砂石和水泥时，他倒歇了下来，把手里拿着的大铁锨，插进砂石里，双手握着，把他的下巴颏支在锨把上，一副累惨了的模样，虚眯着眼睛，盯在打孝身上看。

盯着打孝看的人没说啥，倒是被他盯视着的打孝开口了。

打孝把两锨砂石喂进搅拌机的铁嘴里说：能给我一口饭吃就行。

打孝再把半锨水泥喂进搅拌机的铁嘴里说：我就只想有口饭吃。

盯看着打孝的人还没有说话，但他也未反对打孝代他往搅拌机里喂砂石、喂水泥……他就那么疲累异常地盯视着打孝给搅拌机喂了一阵砂石、水泥，然后走到一根糊满了水泥砂浆的木柱前，伸手拉下了开着的电闸，没等搅拌机停下来，就伸出一只手，捉住打孝的一只胳膊，拉着他便往稍远点的一处工棚里走了去。

打孝很快知道，这个不给他说话的人，根本就没有说话的能力。他是个哑巴，但他心眼儿好，拉着打孝到工棚前来，是要给打孝分食填饱肚子的饭食了。

正在三伏天里，工地上歇晌的人，可是都渴惨了。别人围到工棚前来，拿起勺子和碗，在一口大得惊人的铁锅里打上一碗绿豆汤，只管往自己大张的嘴里倾，拉着打孝来的哑巴，先打了一碗绿豆汤，递到打孝的手上，给打孝比比画画，让打孝只管往嘴里倾……就在打孝满足地喝着绿豆汤的时候，有个穿戴还算讲究的中年人撵了过来，他站在打孝和哑巴面前向哑巴问话了。他问话的方式，有着聋哑的特征，是夸张的，更是生疏的，但哑巴还是听明白了，就咿咿呀呀，连比带画地向那人介绍起了打孝。而打孝感觉这位气象昂扬的人不会一般，他与工地上的人们太不一样了，别人的衣着上都有破口，都有灰土，唯独他身上没有。

他是谁呢？

他是这处工地上的总包工，也就是社会上常说的包工头，他叫葛普选。

当然，这个时候的打孝，还不晓得人家包工头的名字，他只是在哑巴的帮助下，心怯着，愣愣地连灌了三大碗绿豆汤，把他灌得肚儿圆了，然后放下空了的碗，面朝葛普选，给他像他在学校时见着老师一样，甚至比给老师鞠躬还要虔敬地深深地鞠了一躬……就在打孝鞠躬下去还没直起身来的时候，葛普选的巴掌拍在了他的肩膀上，他拍着打孝的肩膀，给打孝说了两句话。

葛普选说：三碗绿豆汤呢？

葛普选说：你一口气就喝进肚子里了。

葛普选说：想要有口饭吃就好，我这里要的就是吃得动饭的人。

打孝给我说到这里，说他当时想到了一句"鼓腹而歌"的老话。他想到了，就当着葛普选的面，抬手在他圆鼓鼓的肚腹上拍了两巴掌。打孝说他当时找不到合适的词句，如果找得到，他真会吼唱出来呢！

没有合适词句吼唱的打孝，返身过去，抱住说不了话的哑巴喊了一声师傅。

十二

哑巴师傅伤着了！

哑巴师傅没有伤在别处，端不端，正不正，偏偏就伤在了他说不了话的嘴巴上。打孝从哑巴师傅伤的地方和形态上看，既不是自己不小心碰的，也不是自己不小心撞的，更不是做工时伤的。哑巴师傅是被人打了的，而打了他的人，与他一定相熟，他们不打他身体上的别处地方，专挑他说不出话的嘴巴来打，应该是有他们的目的呢。

打孝想到了这里，就想到了"暗算"两个字。

从来不会言语而只会埋头干活的哑巴师傅，怎么就会遭人暗算呢？打孝想不通，就买来液体的红药水和固体的云南白药，给哑巴师傅的嘴上敷着药。他在给哑巴师傅敷药的时候，用一种关心又带着些安慰的口气问了哑巴师傅，师傅接受了他的药物救治，而没有告诉他受伤的原因……过了几天，累得打孝睡在工棚里连梦都不做的一个晚上，哑巴师傅把沉睡中的打孝推醒过来，让他穿起衣裤，拉着他往工地堆放钢筋水泥和架材的后场，悄没声地摸了去。

这夜寒冷无比，一弯残月，清光漫溢，顺着哑巴师傅手指的方向，打孝看见了两个晃动的人影。

打孝还不知道，那两人是葛普选的亲戚，高点儿的是姑表侄儿，矮点儿的是舅表侄儿。在工地上，他俩凭着老板亲戚的身份，干活不出力倒也罢了，还十分霸道蛮横，老挑别人的毛病，见谁都不顺眼，特别是哑巴，捉住他言语残疾的短处，老要戏弄他……哑巴师傅嘴上受的伤，就赖他们两人所赐，这是因为他们两人犯下了极为不光彩的事情，被哑巴师傅发现了，他俩为了堵住哑巴师傅的嘴，不让他说出去，就威胁利诱，而正直善良的哑巴不吃他俩那一套，威胁没用，利诱更没用，他俩就下了黑手，把哑巴师傅的嘴扯烂了。

扯烂哑巴师傅的嘴，不让师傅往出说的事，与他俩今晚干的活一模一样。

哑巴师傅那天晚上，可能是因为白天时吃进嘴里的食物小有问题，到了后半夜，他肚子咕咕乱叫，并伴随着阵阵隐痛，无法睡觉的哑巴师傅，便从被窝里爬起来，出了工棚，去到工友们搭建的临时厕所去大解，想要一次了却他肚子痛的毛病。就在哑巴师傅撅着屁股完成了一场痛快淋漓的排泄，提起裤子睁开眼睛往工棚里回的时候，一声清脆的金属撞击声，划破了夜空的寂静，哑巴师傅循声望了去，他看见了老板的两个表侄儿，正卖力地把工地上的钢管，从内往围墙外倒腾……哑巴说不了话，要能说话，他肯定是会喊起来。说不出话，他就向两人跑了过去，制止起了俩人的偷盗行为。他不仅没能制止了他俩，还被他俩恶狠狠地扯烂了嘴巴。

两人中的姑表侄子说哑巴了。

他说：我们都是亲戚，你管得着吗？

他还说：你的嘴哑巴了。这很好，但你的眼睛是个问题，可不敢让自个儿的眼睛也瞎了！

姑表侄子说了话，舅表侄子跟着也说话了。姑表侄子的话说得够狠毒了，舅表侄子一开口，显得更为毒辣。

他说：可别栽在我的手上，戳瞎你的眼睛！

他还说：有句话说得好，"哑巴吃黄连，有苦说不出"，我再戳瞎你的眼睛，你便"看"都"看"不出来了。

两人给哑巴师傅说了这么毫无人性的话，没能吓住师傅，他不管不顾，依然照着自己的思路，凭着自己的良心，堵拦着他们的偷盗行径……两人发现硬的一套没用，就拿出软的一套，欺诓起了哑巴师傅。

两人中还是姑表侄子先说的话。

他说：你哑巴了，耳朵没聋吧。

他说：算你一小份行吗？

两人中舅表侄子总是跟着姑表侄子说话，他说什么他跟着应什么。

他说：一小份子哩！

他说：我们就是一小伙儿了。

哑巴师傅没有理会俩人的威胁，自然也没有接受他们的利诱，他只是把俩人准备偷盗的钢管子夺回来，往工地料场里的钢管堆上垛……哑巴师傅的举动彻底惹恼了俩人，他们看着就要到手的偷盗成果，被哑巴这么强硬地搅黄，心里有所不甘，就看着哑巴师傅把他们偷盗去的最后一根钢管扛回到料场的钢管堆上后，一哄而上，扯烂了哑巴师傅的嘴巴。

哑巴师傅没有太多关心自己的嘴巴，他依然操心着料场上的钢管、钢筋，还有搭脚手架的扣件……

狗改不了吃屎的习惯，贼断不了偷东西的想法。就在哑巴师傅的嘴巴渐渐好了起来，而工地的料场也安静了些日子的时候，葛普选的姑表侄子和舅表侄子又出动了……白天在工地上负责喂食搅拌机的哑巴师傅，本没有看护料场的责任，但他发现了问题的存在，就自觉担起了这份责任。就在今夜，他再次发现了老板的姑表侄子、舅表侄子，向料场偷偷摸摸去了后，就推醒了打孝，拉着打孝一起去捉他俩了。

残月照耀下的工地料场，葛普选老板的姑表侄子、舅表侄子，没有去偷钢管，他俩去偷搭脚手架的扣件了。

俩人你拿一串扣件到围墙边，就往围墙外边抛，他拿一串扣件到围墙边，也往围墙外抛……哑巴师傅不说话，心里清楚得很，他没有与打孝正面去捉偷盗扣件的他俩，而是拉着打孝出了工地的大门，还叫上看大门的人，一起去到俩人抛扣件的围墙外，捉住了在外接应俩人的人。

接应老板姑表侄子、舅表侄子的人是个收破烂的，他骑来的三轮车上，已然装满钢铸的扣件。

哑巴师傅、打孝和看大门的人，捉贼捉赃，现场抓住这个收破烂的，直到天明，葛普选老板来了，当面锣对面鼓，从收破烂的嘴里，问出了他的姑表侄子、舅表侄子，他哀其不幸，怒其不争，对着俩人厌恶地挥了挥手，就将他们打发走了。

十三

自己的姑表侄子、舅表侄子呢！俩人让葛普选老板大出意外。

但就在葛普选老板大出意外的事情发生后不久，一件让他更是无法预料的事情又发生了……戴着柳编安全帽的葛普选老板在工地上，监督工程质量和安全问题，随在哑巴师傅身边，在工地上干了些日子的打孝，不惜力气，又善于学习，很快就成了搅拌混凝土的能手，一搅拌机圆罐混凝土，要多少标号的水泥，多少砂石，多少清水，不用上台秤称量，他凭借自己的眼睛就能估摸得很好了。有了夜半捉贼看护料场的那件事，老板把哑巴师傅记下了，把打孝也记下了，他监督工程质量和安全问题，走到他俩身边，总会站下来停一小会儿，有话没话，都要与他俩说说话。很自然地，哑巴师傅说不了话，哑巴只会笑，打孝就得接住老板的话，既代表他自己，也代表哑巴师傅，表达他们共同的心声了。这天没有例外，葛普选老板走到搅拌机前来，站在他们身边，与他俩说起话来。

此前说话的时候，葛普选老板已经知晓了打孝的名字，这次与哑巴和他拉话，很顺溜地叫起了他的名字。

老板说：打孝啊，工友们原来都说你师傅的灰浆搅拌得好，现在又都说你了，夸你有灵性，搅拌出来的混凝土灰浆，黏性大，比你师傅搅拌出来的还要好用哩。

老板说：你还年轻，甘愿在我的工地上一直打工吗？

打孝听了葛普选老板的话，心里可是非常受用的哩，他措辞着准备回应老板几句的，可怎么都措辞不出来，就只对老板憨憨地笑了笑，就眼看着老板从他和哑巴师傅身边走开了。不过，打孝感动于老板刚才说给他的话，眼睛就没离开老板……老板向前走着，走了有十来步，他没有留意到，头顶上有捆钢筋混凝土构件，被卷扬机嚯嚯嚯嚯提升到二十来米的高度，却不知为何，突然地跌落下来，直往他的头上砸下来，惨剧就在眼前，打孝一声高喊，把他的身体像是一支射出的箭，飞射过去，把老板扑出了险境，而把自己的一条腿，被钢筋混凝土构件，结结实实砸着了。

粉碎性骨折，打孝住进了陈仓城的骨科医院。

医生把打孝的皮肤切开来，然后小心地整理着他碎了的腿骨，需要上铆钉的上铆钉，需要打夹板的打夹板，用尽了骨科方面所有能用的手段。把打孝腿骨整治好后，就把他安排在一间通风性强、透光性好的房间里，像给打孝上刑似的，把人整个儿固定在一张骨科特有的病床上，放开他的上肢，让他可以活动，骨折的下肢，牢牢地钳制住，还用两根不粗不细的纤绳，牵引着他的伤腿，既防止他的伤腿萎缩，还防止骨折的地方错位……葛普选老板一直守在医院里，他看到打孝受的那个罪，以为被行刑拷打的犯人，也不会比他现在这个样子难受——他们被严刑拷打，也会在一定时间后，给一段时间的缓冲，而打孝则不能，他被固定在病床上，没日没夜，没有个三五十天的恢复，就不得放松。

打孝救了葛普选老板一命。老板事后到现场察看，他看了后，打心里感动上了打孝，以为他就是他的救命恩人哩！

对于自己的救命恩人，葛普选老板守在他的病床前，给打孝端吃端喝，倒屎倒尿，打孝的衣裤脏了，他给他脱下来洗，打孝身上有点汗味，他赶紧用温热的湿毛巾，给他擦洗……在打孝伤腿渐渐好起来后，葛普选老板择着机会，与打孝做了一次推心置腹的谈话。

葛普选老板说：我知道事后说啥都是多余的。

老板说：我只想问你，你还想继续读书吗？

住在骨科医院里，什么疼痛，什么孤寂，还有葛普选老板陪着他时给他说的许多话，他都能忍，而且也忍得住，突然说到了读书的事情，打孝他是不能忍了。他不能忍的反应，没有用嘴说出来，而是用他的眼睛表现出来。一双清澈纯净的眼睛先是亮闪闪地发出一道异样的光，再就是眼角湿漉漉的，倏忽泛出一层泪水，并迅速地凝聚着，凝聚在他的眼角上，扑簌簌往出流淌了。

看着打孝这种情状，葛普选老板什么都不说了。

老板只说：腿伤好了，我送你到陈仓市技工学校学习去吧。

老板说：我今后的工程，还指望你学成归来领班哩。

十四

葛普选的独生女葛青裙，居然就在陈仓市技工学校就读。

骨折住在市骨科医院里，不仅葛普选老板要陪同打孝，他还指派他的女儿，在星期天或是别的什么假日，也到骨科医院来陪他……葛青裙头一次到打孝的病床前来陪他，让打孝别扭极了。虽然凤栖镇的家里，他有打芳、打香两个妹子，但那是他的骨肉姊妹哩，他们兄妹怎么相伴相陪，都不成问题，人家葛青裙是谁呀？老板的亲闺女，技工学校的在校生，他一个给他父亲打工的打工仔，他怎么好让人家陪他呢！

再者说了，人家葛青裙一个小小的姑娘家，一身如她名字一般的青色裙子穿得好，一双会说话的眼睛扑闪闪长得好，打孝自叹弗如，羞愧难当，想着办法，总要躲着她。

然而他又怎么能躲开她呢？他腿上的骨伤，使他的腿被牢牢固定着，身体便无法躲着她，那么就只有他的眼睛来躲了，而他的眼睛偏偏不听他的话。他在心里警告着自己躲开了，可他躲开一会儿，就又不能自禁地放弃自己的警告而看着她了。这是因为大大方方的葛青裙，让打孝的眼睛躲不开她，她一会儿给打孝削个苹果，削好了还要切成一个一个的小牙，拿竹签叉着，给打孝的手上递，一会儿剥个橘子或是橙子，剥成一小瓣一小瓣的，拿竹签叉着，给打孝手上递。打孝想要抗拒的，不去接葛青裙递到他手上的苹果、橘子或橙子，葛青裙就不给他手上递了，而且拿在她的手上，干脆往他的嘴里喂了，慌得他只好伸出手来，从葛青裙的手上接了。

竹签儿太小，打孝有几次就连葛青裙的小手也接到了他的手上，这使得他慌得脸红心跳，手一松，又会把接到手上来的苹果、橘子或橙子，跌到地上去。

打孝在骨科医院住了一个多月，拆除了他伤腿上的石膏，出院恢复的时候，葛普选老板并没有征求他的意见，就把他直接接到在陈仓城的家里来了。这给了打孝和葛青裙更多接触的机会，特别葛普选老板决定送打孝读陈仓市的技工学校，他是要做入学的考试准备，怎么办呢？打孝没有别的方法，他所能依赖的就只有葛青裙了，已经入校读了一个学期课程的她，自然是他准备考试的老师。葛青裙自己也仿佛很期待这样的机会似的，自愿地担负起了辅导打孝的责任，把她原来住校的习惯也放弃了，而改成走读方式，早出晚归，回到家里来，陪伴在打孝的身边，帮助他准备应考学习的课程。

因为葛青裙孜孜不倦的辅导，让有点初中知识底子的打孝，参加技工学校秋季举办的招生考试，很轻松地就考了进去。

在技工学校读书三年，打孝刻苦认真学习到了包括施工、营销等方面的专业知识，光光彩彩地拿到毕业证书后，去到葛普选老板的身边，被老板安排去了青海西宁市，做了那里的工程主管……葛普选老板在打孝读书求学的三年时间里，已把先前的一家纯搞建筑施工的工程队，发展为了一家施工兼开发的房地产公司。陈仓市的业务，有老板自己打理，他不担心什么，但老板扩展到青海省西宁市的项目，没个知根知底的可靠人，他是很担心的。打孝学成归来，让他独当一面，去青藏高原上的西宁开拓业务，赚钱多少是无所谓的，关键的一点，是给他一定的锻炼，让他日后能够担当更大的责任，才是重要的呢。

打孝二话没说，接受了葛普选老板的安排，在陈仓市的工程上，找到他的哑巴师傅，告别了同学三年的葛青裙，径直去了青藏高原上的西宁，开始了一个青年人创业的历程。

打孝在西宁市的创业历程算不上顺风顺水，小的波折，小的挫折，一个连着一个，都需要担任主管的打孝去克服、去解决。譬如房地产开发最关键的土地问题，还有规划审批、银行贷款、组织施工、市场营销……但这么多的困难，打孝没有畏惧，而是勇敢地去面对，去克服，使他在西宁市不仅很快站稳了脚跟，还因为他开发的楼盘，在公共空间的设计与绿植配套上，别出心裁，敢于投资，所以极受购房者青睐，大家口耳相传，既为他树立起了非常好的企业家形象，也为他们的公司树立起了非常好的企业品牌。

葛青裙从技校毕业出来，即被她父亲葛普选留在身边，做了公司的财务主管。

作为财务主管的葛青裙，隔上一段时间，就会从陈仓市到西宁市与打孝见面。这是财务主管的职责哩，葛青裙不得不来，不能不来，因为打孝创业在西宁市，他所有的成绩，都是总公司的一部分，葛青裙来西宁市，与打孝见面是一方面，而最重要的是检查打孝在西宁市创业工程的财务状况……到西宁市里来，葛青裙才不管打孝高不高兴，乐意不乐意，她会仔细认真地核查他的财务，让她放心的是，每一次的检查，都未发现什么漏洞，唯一使她要批评打孝的，是接待方面的支出，特别是烟和酒，显得多了些。

葛青裙说打孝了：你也太能抽烟喝酒了！

打孝其实是不抽烟的，他反驳葛青裙，并把他的手指头戳到她的眼前让她看，他说：我不抽烟。

葛青裙看得明白，知道她冤枉了打孝，但她没有收起财务主管所掌握着的批评武器，又说：那么酒呢？

打孝明察秋毫，感知到葛青裙并不是要难为他，而是怕他烟酒伤身，才这么批评他的，他便无可奈何地给她做了酒醉的鬼脸，以醉话的方式，给葛青裙解释了两句。

打孝说：我的业绩，就在酒瓶里养着哩！

打孝说：没有哪个项目，不是酒精养出来的。

十五

葛青裙会到西宁市来，她父亲葛普选也会到西宁市来，过去的日子，都是你走了他来，这一次父女俩一块儿来了。

打孝迎接葛青裙是一种样式，迎接她父亲葛普选又是另一种样式，迎接葛青裙就往女性的特征上靠，迎接葛普选就往男性的特征上靠，因人而异，他是一定要迎接他们父女的。而这一次，父女俩一块儿来了，打孝也没有犯难，他有的是办法，选了西宁市一家清真韵味十足的饭店，开了一间说不上奢华但也不算寒酸的包间，依着清真菜品中有特色的几样，譬如红烧牛尾、芝麻里脊、红油花肚等，用小盘子小份端上来，一人一口地吃了，而喝的则是互助青稞酒……说打孝学会了察言观色是可以的，他就在陪葛青裙和她父亲吃喝着的时候，劝了葛普选老板几句。

打孝是看着老板喝酒快了两嘴说的哩，他说：您老喝慢点儿，快酒醉人呢。

打孝说：老板您可不能醉了。

打孝的话把葛普选老板说乐了，同时还把葛青裙说得低下了头，心头似乎有什么块垒压迫着她，让她要哭了的样子。打孝心里起了疑，紧张地看着神态各异的葛普选老板和他的女儿葛青裙，想要再说什么话，却提心吊胆，什么都说不出来，他难堪极了。

历练深厚的葛普选老板，没有让打孝太难堪。他说了：你曾经给我说过，说你没有父亲，那你觉得我怎么样？

葛普选老板说：我可有资格做你的父亲？

想哭没哭出来的葛青裙，听懂了他父亲葛普选话里的意思，因为她父亲已经与她商量过了，那就是她的终身大事，她父亲希望她能嫁给打孝，与打孝结为恩爱幸福的一对子……葛青裙听得懂父亲话里的意思，打孝不傻，他也听明白了，不过他还要知道葛青裙的意思，就转眼到葛青裙的脸上，他从她的脸色上，读懂了她热乎乎的心情，他不再犹豫，便顺手端起餐桌上的互助青稞酒，给葛普选老板手边的酒杯里添了一些，双手捧着敬到葛普选老板的手上，给他有点赌咒发誓地说上了。

打孝说：我在心里，早把您当成父亲了。

打孝说：今天我改个口，把您叫爸了。

打孝的口改得好，葛普选老板自作主张，用了三天时间，在西宁市给打孝和葛青裙，办了一个他们梦想中的婚礼，不奢华，不寒酸，两情相悦，欢喜快乐……婚礼过后，作为新娘的葛青裙留在了西宁市，与打孝共度蜜月，而他们的老爸葛普选，却没有留下来。他们的老爸说了，说陈仓城是他们家族产业的根据地，是他们家族企业的基础，基础不稳，地动山摇。老爸葛普选这么给女儿、女婿说来，就在打孝、葛青裙婚礼后的第三天，离开西宁市，回到了陈仓城。

新郎和新娘还不知道，他们共同的老爸，身体上有个毛病了呢。

葛普选身体上的毛病可是不小了呢，他瞒着女儿葛青裙，以及女婿打孝，把陈仓城里的几家有名头的医院看了个遍，得出的结论是，他的肺叶上有个阴影，而那个阴影看上去很不乐观……这个不很乐观的结论，催逼着葛普选，就去了省城西安，在那里更负盛名的军队医院，以及专业的肿瘤医院，挨着个儿地走，什么B超、CT，什么DR系统、核磁共振等，你家做了，他家做，做来做去，还是个肺叶阴影的问题。

给自己心爱的女儿葛青裙和他看着成长起来的打孝，建立起他们的小家庭，葛普选没有了后顾之忧，他目前刻不容缓的事情就是，让小两口欢度他们的蜜月，他自己住进医院，治疗他肺叶上的阴影。

说是阴影，为的是安慰患者，不至于让患者太紧张，没法很好地配合医院的治疗，这么说，一般人好糊弄些，葛普选不是一般人，他心里明镜一样，知道所谓的阴影，其实就是要人命的癌症……随着医学的发展，有些癌症通过积极的治疗，譬如手术或者手术后的化疗，在一定的比例上，是可以治愈的，但肺叶上的癌症，似乎没有好的办法，事事明白的葛普选，面对他肺叶上的阴影，是把他身后的主意都打下了呢！

唉！害人的肺阴影啊。

十六

可怜天下父母心！

葛普选想要他揣在心尖尖上的女儿葛青裙，能在他生前嫁对人，欢度他们新婚宴尔的蜜月。但他的神情，让熟悉他的女儿葛青裙、女婿打孝敏感到了一种不祥的讯息……他俩在自己的蜜月生活里，环线去了西宁市的东关清真寺、塔尔寺、藏文化博物馆、高原野生动物园，品尝了特色美食夹河牛肉、发菜燕麦、焜锅馍馍等，准备着突破环线，到相对远点儿的老爷山、青唐城、鹞子沟、青海湖等著名景区去，在那里观赏风景是一回事，品尝美味又是一回事，那些景区有更地道的酿皮儿、面片、酥油糌粑、大块煮羊肉等，过去的日子，打孝扎根在西宁，葛青裙也来西宁督查财务，但他们都太倾心于他们的工程项目了，竟然没有抽出时间去游赏那些景区，品尝那些美食，趁着自己的蜜月，他们是要把高原上的美景和美食，放浪了自己的眼睛，好好地去看，放浪了自己的胃口，美美地去吃。可是他俩把环线上的景区和美食，还没走遍，更没有吃完，却心慌地放弃了他俩欢度着的蜜月行程，匆匆忙忙踏着他们老爸的脚步，往陈仓城赶回来了。

提出回陈仓城的人，不是葛青裙，而是打孝。他俩游逛到塔尔寺的时候，站在那块被酥油抹了一层又一层的望儿石前，打孝抬手捂在自己的胸口上，给葛青裙说了。

打孝说：你有没有感觉，你的心不很踏实，老是慌慌乱乱地跳？

葛青裙也感觉到了，父女连心，她心慌心跳的是父亲葛普选，作为她的血亲骨肉，她是比打孝更为敏感的呢。在她与打孝大喜的日子里，父亲点点滴滴的表现让她有点不熟悉了，她怀疑父亲有什么事情瞒着她……是什么事情呢？是企业经营的问题吗？肯定不是，身为企业财务主管的她，清楚他们的企业走的是上坡路。那么是他和打孝的婚姻问题吗？显然也不是，他俩的婚姻是父亲自己选定、自己操办的，原本就不是问题。那么又会是什么呢？是父亲的身体出了状况？！

葛青裙想到这里，岂能不心慌心乱？她又善解人意地想着新婚的丈夫打孝，她可不想让他在蜜月中有什么不快或是伤心……葛青裙没有立即回应打孝说的话。

打孝话撵话地就又说了：老爸没给你交代别的事？

听出了打孝的疑心，葛青裙不能不开口了。她说：不瞒你说，我是比你还心慌心乱呢！

不要葛青裙多说，打孝一定听出了她的心声，她是两头为难呢！一头是她的父亲，一头是新婚丈夫……女儿家有颗豌豆心，滚上来，滚下去，真是太受难了。

打孝不再犹豫。他说：咱回陈仓城去，去撵咱爸。

马不停蹄撵回到陈仓城来的打孝和葛青裙，却没有撵上他们的老爸，老爸已经去了西安城，在那家声势浩大的军队医院，办了入住手续，系统性地做了检查后，都已开刀做了手术，正在医院里恢复着……打孝和葛青裙心里的疑惑证实了，两人当即哭成泪人儿，他们就那么一路泪水地往西安城里赶了，赶到他们老爸的病床前，亲生女儿葛青裙倒是比较冷静理性，可是作为女婿的打孝，看到病床上白一条软管、绿一条软管、红一条软管插在身上的老丈人，膝盖一松，当下就跪在了病床前，低垂下头来，泣不成声。

打孝饮泣着说：你咋不给我俩说呢？

打孝说：我俩心慌心乱……心跳心慌，赶回来还真是……叫人心更慌更跳了呀！

打孝说：你该给我俩说的，我俩是你的亲人哩！

被打孝改口叫了老爸的葛普选，从他躺着的病床上伸手过来，扳住打孝的肩膀，要他站起来，他膝盖软得站不起来，葛普选就拿眼睛指示他女儿葛青裙，要她扶打孝起来……几番努力，打孝在葛青裙的搀扶下站起来了。站起来的他，却还一副手足无措的模样，看着术后虚弱的葛普选，很有一种替他来患病手术的心境。他的心境被葛普选看出来了，就冲他微微笑了笑，说是一个人的福，别人倒是可以跟着享哩，而一个人的病，别人是绝对代替不了的。葛普选给打孝说了这两句话后，就还问了他两句话。

葛普选说：到这个时候了，你给我说句实话好吗？

葛普选说：你说你没老爸，你觉得我相信了吗？告诉你，我没有……我一直在考验你，考验到我把我女儿嫁给你，你能带我女儿回一下家，拜见她公公、婆婆吗？

过去的日子，作为老板的葛普选问过打孝这件事情，都被打孝一句"我没老爸"搪塞过去了。今日，是他改口叫了老爸的葛普选，与他再次说起这件事，他还能不近人情地去搪塞吗？显然不能了。打孝只有老实地说了。说前，他先给葛普选重重地点了点头，这才有些不甚情愿地说了。

打孝说：对不起，我是给您说谎了。

打孝说：给您说谎，我有我的难处，有我的不得已处⋯⋯

葛普选是善解人意的，他截住打孝说的话，又给他语重心长地叮嘱了两句话。

葛普选说：我都想得到。

葛普选说：好了，你就不要说了。听我的话，带着你媳妇回你家里看看去。

十七

打孝回凤栖镇老家来了。

打孝是携同新婚的媳妇儿葛青裙回凤栖镇老家的。他能光光彩彩地携同媳妇儿回凤栖镇老家，改口叫了老爸的葛普选，像是他完成了人生中了不起的善举似的，心情特别好⋯⋯一个身有疾病的人，进行充分的药物治疗是一码事，保持一种乐观积极的心态，是更重要的一码事。心情愉悦的葛普选，身体恢复得非常快，他办了出院手续，在打孝和葛青裙的陪同下，回到了陈仓城的家里，就坚决地打发打孝带着葛青裙回他老家了。

打孝有新婚的葛青裙陪伴，使他回到老家来，就显得特别光彩灿亮，老爸六十岁的寿宴上，给凤栖镇六十岁以上的老人家发红包，就是葛青裙的主意，而且是她换来新的钱币，装上红包，亲手送在老人家们的手上的。一时之间，凤栖镇的人把葛青裙传说成了送财仙子。接着给自己的家和打芳、打香两个妹子家翻新旧宅，给镇中学捐建图书楼，虽然不是葛青裙提出来的，打孝要做，葛青裙也都没有二话，全力支持他，便是在几处建设工地上，也见得到葛青裙的身影，她给工程上的人施烟、端水……打孝和他的媳妇儿，成了凤栖镇少见的大孝子、少见的慈善人。

十八

问题就这么悄悄地往他们的身上黏了，凤栖镇谁有个拉不开手的事，碍于葛青裙是打孝媳妇儿的面子，不好给她说，便毫无顾忌地都给打孝说了。是钱上的事情，打孝没有让他们白张嘴，尽量地满足张嘴人的需求。然而，打孝在借钱给人时，他是恩人，而在约定的时间到了后，要借钱的人还钱，他就成了仇人。

算了，算了……一次次地算了，打孝生了自己的气，葛青裙感受得到，她就好言相劝，让打孝忘了那些借出去的钱算了。打孝想了，他们不算还能怎么办？好在回凤栖镇来，自己的祖宅，打芳、打香两个妹子的旧屋，还有中学捐建的图书楼，先先后后都顺利完了工，打孝也不用在凤栖镇待了，就与葛青裙，双双回到了陈仓城。他们的老爸葛普选这一病，公司的全部业务，都压在了他们二人的肩上，陈仓城一大摊子事，青海西宁一大摊子事，葛青裙给打孝做个帮手，管理公司财务没有一点问题，但公司的事务多了，跑业务，拿项目，搞施工，做营销……多了去了。打孝不能专注于一个点上的事务，他要陈仓、西宁两头跑，忙得那叫一个不可开交，形容成被鞭子抽打旋转的一只陀螺，一点都不为过。

太忙太忙的打孝，就这么暂时地躲开了凤栖镇上的纷纷扰扰，然而那样的纷纷扰扰，却不想绕过他。

大妹子打芳把她的女婿前脚刚送到打孝身边，二妹子打香后脚也把她的女婿送来了……他们把话说得有多暖心就有多暖心，说什么自己的亲人哩，他们不能看着打孝一个人忙，就让闲在家里的女婿们，来打孝的身边，给打孝做个帮手，还说什么一个好汉两个帮，自己亲人做帮手最放心了，他们给打孝帮手，不愁把事情做不大，做不好。

打孝抹不下面子，既没有答应留下他们，也没有送他们回，只是让公司搞接待的人，带着他们把陈仓城的景点跑了个遍，他自己则躲到西宁市的工程上去了。

在陈仓城见不到打孝的大妹子打芳和女婿、二妹子打香和女婿，找葛青裙去说事，葛青裙听了打孝的话，也躲在了养病的老爸身边，让他们找不着，莫可奈何时，他们回了凤栖镇，但过些日子，还会到陈仓城里来找打孝，五次三番，最后还搬来了他们的老爸，一起来了。而他老爸一旦动身，就还带来了打孝姑家的表兄表侄、舅家的表兄表侄，浩浩荡荡，大有赖着打孝，不留他们就不走的架势……曾经的教训，也就是打孝初到公司打工时，老岳丈葛普选的姑表侄、舅表侄，结伙偷盗公司物资的事情，历历在目，他怎么会犯过去有过的错误呢？绝对不能。那么继续躲吧，可是又能躲到什么时候呢？万般无奈，打孝见了老爸和他带到公司来的一干人等。

好茶好饭是必须有的。

好言好语也是必须有的。

但是说到关键问题上，打孝咬牙没有松口，他拒绝了大妹子打芳、二妹子打香和他们女婿的要求，自然也拒绝了姑表兄表侄、舅表兄表侄的请求。老爸见他拒绝得干脆，就咳咳咳咳吐出一口痰，手指着打孝说话了。

老爸说：你个不孝的东西，我的面子都不是面子了？

老爸说：咱们走，我没他这个儿子。

问题就出在了这里，此后，大妹子打芳、二妹子打香和他们的女婿都没再找过打孝，姑家的表兄表侄、舅家的表兄表侄也再没找过打孝，即是他的老爸，真的像和他断绝了父子关系似的，也不与他通音讯，直到老爸去世，打孝回到凤栖镇奔丧，所有的亲戚，与他都路人一般。不过呢，大家还不至于太无情，由着是为儿子的打孝，一身孝服，领孝安葬了老爸。

一年，两年，三年。

三年后的忌日，领孝的是儿子打孝，鼓乐、唱戏、演电影，在凤栖镇给老爸做了场规模盛大的祭祀活动，最后到老爸坟头前，祭酒、烧纸、卸孝了。

祭酒的仪式做得既规范，又圆满。

烧纸的仪式同样规范，圆满。

下来就是卸孝了。这是全部祭祀活动的最后一个环节，古周原上千年流传下来的一条礼俗，这个环节出场的主角，就是打孝舅家和姑家的长者了。在陈仓城找过打孝的姑表兄、舅表兄，在喧天的鼓乐声里，仪式感极强地走到大妹子打芳的身边，伸手帮她卸下一身的重孝，投进一边的纸火里烧了；然后走到二妹子打香的身边，伸手帮她卸去一身的重孝，投进纸火里烧了。

姑表兄、舅表兄，在给大妹子打芳、二妹子打香卸了孝后，姑表兄、舅表兄的媳妇还走上前来，给大妹子和二妹子，每人身上交叉搭了条红绸带……他们大家在做完这一切后，便就转身走了。

没人给打孝卸孝，古周原上的礼俗，打孝被无视了，他成了不孝的儿！

十九

好了，我陪你回凤栖镇。

听了打孝含泪带悲的述说，我自告奋勇，要陪他回一趟凤栖镇，为他挽回他应有的面子……我们说走就走，一路上，打孝的媳妇儿葛青裙驾驶小汽车，我则与打孝坐在车后排，商讨着我们回到凤栖镇后，要采取的行动和步骤，自小生长在凤栖镇上的我，深知动员镇街上的一些头面人物，去做打孝舅家、姑家以及他的大妹子打芳、小妹子打香的工作，去到打孝老爸的坟头前，给他卸孝是至关重要的，而我也很有信心做通他们的工作。

我的信心来自我原在陈仓报工作时，为凤栖镇所做的宣传报道，还有我目前的作家身份，可是很受乡党们的敬重哩。

打孝三番五次找我，看重的也许正是我的这点影响力。但我们坐在小汽车上往凤栖镇回，他却还心有余悸，怕他把我请回凤栖镇来，依然于事无补，所以就给我说呀说，不断地说，说我是凤栖镇的名人哩！不，是扶风县的名人哩！不，是陈仓市的名人哩……他这么说着，把我都说成全国的名人了。为了证明他说的是真心话，就还拉出我出版的长篇小说《初婚》来，说是他读过了，并问驾驶小汽车的葛青裙，说你也是读了吧。葛青裙回了一下头，肯定了他的问话，他就小小地兴奋了一下，像他前头说我是名人一样，又从凤栖镇说起，说了扶风县，说了陈仓市，说着说着到了全国，他说全国有读书能力的人，差不多都该把你的书读了……打孝唠唠叨叨地说着，突然加重了语气还说，《初婚》改编的同名电视剧，最近在央视播得可火了，我和青裙在家追着看，不看睡不着觉，看了更睡不着觉，我俩就说了呢，能把你请回咱凤栖镇，谁还能不买你的账。

打孝这么说，我听得出来，他是给我打气的，而我听着不仅受用，同时也增加了许多信心。然而事情却并没有顺着我期待的方向发展。

就在我们乘坐的小汽车快要进到凤栖镇的时候，打孝让他媳妇葛青裙把车停在一棵大树下，劝我说，他和媳妇儿葛青裙就先不进镇子去了，他们歇在树荫里，让我自己驾驶小汽车进镇里去，打个前站，把事情说妥了，他和他媳妇儿再进镇子……我同意了打孝的意见，就自己驾驶小车进了凤栖镇。镇里的乡党们，没看见我，而先看见的是小汽车，大家对打孝的这辆小车，是非常熟悉了呢。所以在我驾驶小汽车进到凤栖镇的街面上来，看见的人，都纷纷躲开来，像在躲一个不祥的怪物似的。没办法，我把小车停在街边，打开车门下来，乡党们发现是我，态度为之大变，大家伙纷纷上前，与我拉起了话，正如打孝在车上给我说的话一样，乡党们把我当成名人看了，他们你一嘴他一嘴的，热议着在央视播出的电视剧《初婚》，都说太好看了，里边的人物，是咱周原上的人物，故事是咱周原上的故事，把咱古周原演活了。

镇子上的头面人物，有几位就在围着我的人群里，我向他们几位走去，请他们借一步说话。他们倒是很配合，与我走出人群，站在镇街边一处屋檐下，要我有话就说，他们一定听我的话。

我从口袋里掏出一包金丝猴香烟，撕开封口，给他们手上敬，他们接着后，都叼在嘴唇上，打火相互点着，香香地抽着，张目看着我，等我说话了。我表情轻松地清了一下嗓子，就把打孝的请求，给他们说了。可我刚说了个开头，几位头面人物，齐刷刷把叼在嘴唇上的香烟，吐到地上，给我摇着手散去了。

头面人物的工作没能做通，我就北街一趟，南街一趟，去了打孝的大妹子打芳家，去了打孝二妹子打香家，依然热脸贴在了冷屁股上，没能把事说和。

这天的天气晴朗朗的，万里无云，大太阳炽热地烤着我，半晌的工夫，把我跑得汗流浃背，说得口干舌燥，一无所获地出了凤栖镇，走到打孝和她媳妇儿葛青裙面前，我未开口，打孝抬起右手，一巴掌抽在了自己的右脸上，挺胸昂首地往凤栖镇里进了，葛青裙跟在打孝的身后，把她搭在胳膊弯上的一件孝服披在打孝的身上，让打孝就那么披着继续往前走，他走得理直气壮，向前走个三五步，抬起左手，抽打一下他的是右脸，再走三五步，抬起右手，抽打他的是左脸……打孝就那么先抽打一下他的右脸，再抽打一下他的左脸地走着，走过了西街，走过了东街，走过了南街，走过了北街，最后走到凤栖镇外边他老爸的坟头前，把他披着的孝服，从身上抖擞下来，落在地上，自己敲燃了打火机，把他的孝服烧了起来。

凤栖镇在打孝抽打着自己脸面的时候，街道上躲得不见一个人，安静得狗也不吠，鸡也不叫，就只有打孝抽打脸面的声音：

啪！啪！啪……

2021 年 10 月 30 日扶风堂

拾　脸

一

　　丢脸容易，拾脸难呀！

　　古周原的语言体系，是要称作雅言的。春秋时期，孔子讲学，他的三千弟子来自四面八方，鲁国的孔子为了他的弟子听得懂，用的就是古周原的雅言。《论语·述而篇第七》即有记载，"子所雅言，《诗》《书》、执礼，皆雅言也"。拾脸该就是个雅言哩。类同于现在的人说的争脸，还有长脸。当然说此话的语气不同，氛围不同，效果也就不同。凤栖镇在古周原上，镇子上北街村的高文艳，把自己光光彩彩地嫁给了东街村的郝大器，一段时间就感觉特别拾脸。然而谁能保证自己就不丢脸呢？丢脸不像丢钱、丢物，丢在地上了，弯腰拾起来就好。脸丢了，掉在了地上，就不好拾了，只能任人脚来脚去地踩了。

高文艳把自己嫁给郝大器，做了他媳妇儿，自觉他有一手木作手艺，而且还出类拔萃，她便感觉郝大器给她就很拾脸了。

方艾艾寻到高文艳家里来了。

方艾艾与高文艳两小无猜，小的时候常在一起玩，找她直去北街村找。这成了她的一个习惯，所以再找高文艳，就还先去北街村，在她娘家看了一眼，没有见着高文艳，就拐着弯儿到东街村来了。过去的日子，她俩在凤栖镇上，谁有一件拾脸的新鲜衣裳，今日你穿，明日就是她穿了。读小学和中学时，高文艳值班打扫卫生，方艾艾自觉陪着她，帮她洒水扫地；方艾艾值班打扫卫生，高文艳就自愿陪着她，帮她洒水扫地。

这一对凤栖镇上的好闺蜜，遗憾的是，在进一步的深造考试上，屡试不中，名落孙山，所以就只好还在凤栖镇里闺蜜着。

好闺蜜中的高文艳，把自己成功嫁给了木匠郝大器，让自己把脸拾了起来。而方艾艾却还没有出嫁，这不仅使方艾艾自己着急，高文艳也为她着急上了。

为好闺蜜着急的高文艳，清早起来，把院内院外打扫干净，翻出一堆要洗的衣物，端在一面硕大的铝盆里，端到她家井台边，从井里绞上水来，把衣物泡进水里，正要挽袖子来洗的时候，方艾艾撵到她家来了。

好闺蜜见面，没有开口说话，而是先伸了手，高文艳打方艾艾一拳，方艾艾回高文艳一拳。

方艾艾回给高文艳的一拳，把她的话匣子也打破了。

方艾艾说："你有个给你拾脸的郝大器，我要给你说哩，我也有了。"

方艾艾说："我今日来，是请郝大器替我与给我拾脸的人，打制结婚用的箱箱柜柜、梳妆匣子、脸盆架子哩！"

古周原人评论木匠的一句话是："糟糟木头，手艺匠人。"

这是句啥话呢？别人可以不懂，郝大器是一定要懂得的，而且就还沿着这个众人希望的标准，无论面对咋样的木料，都要给人做出漂亮的活儿。做活儿是这样了，做人亦然。郝大器自觉他做得不错，是很受人们器重哩！别说他身在的凤栖镇东、西、南、北四条街，出了镇子，四村八乡的人家，有要做木器活的，首先想到的就是郝大器。认识他的人，就直接到他家门上请了；不认识他的，托了郝大器的亲戚朋友，捎话过来，也要约请他……木匠这个行当，在古周原人眼里，那是门里匠人哩。

所谓门里匠人，相对应的自然是门外匠人了。譬如补席的，箍瓮的，接铧的，收拾蒸笼、筐箩、簸箕的，等等，不一而足，他们身为匠人，转村走乡上镇子，是没人请他们进门的，就在村道镇街上，摆开摊子给人干活了。他们干到了吃饭的时候，人家给他们端一碗饭出来，就是给他们的体面了。他们千恩万谢地接到手里，恭恭敬敬地吃了，到要结账时，还要把那碗饭钱，从他的工钱里扣出来。

门里匠人就不同了，像郝大器这样的木匠，既要高接，更要远送。

高接是要一直接到木匠的家里去，挑起人家的木匠挑子，引领着往他的家里去。木匠给事主家把活儿做罢了，他们是要远送了，就还挑着木匠挑子，挑着送回木匠的家里来。

把木匠接进门里来，在他家做活的时候，割一刀子肉，打一壶酒，那是必须的，原来的三顿饭，自己家里的人就还是三顿。但对请进门里来的木匠，就要毫无商量余地地早上加一餐，下午加一餐，一天要供五顿饭。不说应该有的正餐，就是加进来的两餐，也十分讲究，早上时要做两个荷包鸡蛋给木匠吃，下午呢，就是肉臊子和油炸馍片了。

所以说，做个门里匠人，是特别受事主敬奉的呢！

何况郝大器，他的手艺好，因此就更受人尊重了。

方艾艾来请郝大器，仗的是她与高文艳的友谊。她到高文艳的家里来，要请郝大器，高文艳能不答应，敢不答应吗？她一嘴就给方艾艾应承下来了。

二

郝大器可不是老木匠。但人的手艺好不好，似乎并不限于年龄。

郝大器的年龄就不大，三十岁不到的样子，能够浪出这样的名望，真是不容易哩。这主要是他做活儿不保守，敢于创新，老木匠做不了的新式家具，他就敢做。现在的人，偏偏是喜新厌旧，老木匠的旧作，看不上眼了，所以就红了一个郝大器。当然，似乎与他生得俊朗帅气，也不无关系。有了这许多优势，瞄上郝大器，要把自己嫁给他的姑娘多了。不仅是姑娘家自己，许多家里的老人，也都瞅着郝大器的好，寻着他，或托付媒人，给他捎话带信，想要与他结亲。然而高文艳捷足先登，就那么自自然然地把郝大器拿在她的手里了。

高文艳像她的名字一样，高高挑挑的身材，文文静静的样子，却又不失她鲜鲜艳艳的本质，谁见了，都说高文艳是古周原上少见的一位俏女子哩。

当然了，在凤栖镇上，高文艳的俏，配在郝大器身边，倒是十分相合。那句"郎才女貌"的话，仿佛就是为他们夫妻说出来的。

是个月圆的夜晚哩，高文艳并未提前谋划，只是连续几年的高考把她考累了，考烦了。她心灰意冷，待在凤栖镇的家里，要好些天连门都不出，再那么恶心地待下去，非把她待出病来不可。她是有了感觉呢，觉得她不出门走走，她就要疯魔掉了！为了安慰自己，散散心消解自己的烦乱，她摸黑走出镇子，走到了镇子西的凤栖河边，下到河沟里去，独自一人，坐在河一侧的荷花塘边，顺手抓折了一枝荷花，很粗心地揉搓着，把荷花上的花瓣，揉搓得纷纷跌落在她的脚面上，还被她抬脚踹进河水里。

过去的日子，高文艳也会到凤栖河边来看荷花。她那时候看荷花，把荷花看的是很珍惜的呢！绝对不会折下来揉搓的，她只是痴痴地看，看得她会心喜如花哩。是这样了，她会伸手过去，很怜惜地用她的纤纤素手，把荷花抚摸那么几下。

高文艳过去的举动，郝大器是看见过的。

今天晚上的举动，又被郝大器看见了。

郝大器那天给临近村庄的一户人家打家具，他本来是要歇在人家屋里的。门内匠人哩，有这个优势，在谁家里做活，就在谁的家里睡觉歇息了。而且给他们准备的睡觉歇息处，还必须好。郝大器那天都脱了鞋，上了人家的炕，就差脱了衣裳往被窝里钻。但不知为什么却没有，自个儿又下炕来，往凤栖镇自己的家里回了。

郝大器回凤栖镇的家里，是要翻凤栖河的河谷哩。

郝大器翻过凤栖河谷，再走一段路程，就能走进凤栖镇里了。可他在翻凤栖河谷时，在河边看见了高文艳，就没有立即回去，而是看着高文艳，也在凤栖河边坐了下来。他俩坐着，是隔着一大段距离的，相互既不交流，也不干涉……高文艳像她初始时一样，依然故我地糟践着她伸手够得着的荷花；郝大器没有那么做，就抬起头来，仰望着天空中圆圆的月亮……郝大器对着晴朗朗的夜空，看了好一会儿，他像数星星似的，数得清北斗七星，数得清南斗六星。他把夜空中的星星数得可耐心了，他没有注意，高文艳什么时候，不再糟践荷花了，她站起身，向郝大器磨磨蹭蹭地磨过来，磨到郝大器身边了，也不给郝大器言语，就把她的热烫烫的身子，偎进了郝大器的怀里。

洞房花烛夜，郝大器问了高文艳一句话。

郝大器问："你把你偎进我怀里，你看上我啥咧？"

高文艳也没掩饰，掰过郝大器的手说："就是你的手呀！"

郝大器一时没听明白，就还问高文艳，说："我的手有啥特殊的吗？"

高文艳说："把疙里疙瘩、粗不拉几的木头，做得出一件一件的木作活儿来，你说特殊不特殊？"

高文艳说出了问题答案，是不要郝大器回应她的。她说了："我就看上你的手咧。"

高文艳说："就要靠你的手，吃比别人吃得好，穿比别人穿得好。"

高文艳说："你的手，就是你的脸哩！"

高文艳夸着郝大器的手，就还把他的手握在她的手里，说一句话，把她的嘴凑到郝大器的手上亲一口。郝大器的耳朵，享受着高文艳温温热热夸赞他的话，手上呢，又还享受着高文艳温温热热的嘴唇。郝大器因此不能自禁地抱住了高文艳，滚进他们洞房花烛夜里的被窝里……此后的日子，郝大器把他的手，真的像他的脸一样看了呢。

郝大器不能随时随地看见他的脸，但能随时随地看见他的手。

郝大器的这一个习惯，被他媳妇儿高文艳发现了，发现他是那么地痴迷他的手，有事没事地都要举起手，凑去他的眼皮下看看。为此，高文艳就又要问他了。

高文艳问他的时候，是在他们家里，郝大器出门做活，被事主家送回家来后。她接过叮当乱响的木匠挑子，看着告别他的事主走了后，他来收拾他的木匠挑子，他看一眼他的手，收拾一把斧子，他再看一眼他的手，收拾一把锛子……高文艳看见了，就问他了。

高文艳问："干吗老看你的手？"

媳妇儿高文艳问郝大器话的时候，还抬起她的手，用她敏感的手指头，轻轻地触摸着他的额头。

高文艳触摸了他的额头说："你不发烧呀？！"

郝大器疑惑媳妇儿把她说过的话忘了，就还提醒她说："你不是说我的手好吗！"

高文艳被他的话逗乐了，说："我是说过，可你也不用时时刻刻都看呀！"

媳妇儿高文艳的话，没能纠正了郝大器爱看他手的习惯，他依然十分痴迷地逮住个机会，要把他的手，举到他的眼前来看，即便他使着锯子，去锯一块木板，即便他使着刨子，去刨一块木板，甚至是他使着锛子、使着斧子、使着凿子……聚精会神地在干他正干的活儿，都不忘歇上一歇，腾出他的手来，凑到他的眼前，让他的眼睛看上一看……凤栖镇上的人，好奇他原来没有，后来才有了的这一习惯，就像他媳妇儿高文艳一样，也问他了。

镇上的人问得不如他媳妇儿高文艳体贴。

有人问："你把手伤到了吗？"

有人问："手上生花了吗？"

有人问："是不是手痒了？"

郝大器听得出来，镇上的人问他有那么点儿不怀好意，甚至眼红嫉妒。对此，郝大器一点都不生气，不仅不会生气，而且还会油然生出一股子的自豪感，自豪他的手，得到媳妇儿高文艳和镇子上那么多人的关心与关注，偌大的一个凤栖镇，除了他，谁还能有他这样的享受呢？

没有了吧。唯有他郝大器一个人了。

郝大器因此想起流行在古周原的一个词，"手脸"。这个词儿，他起初听人说的时候，听了也就听了，没有怎么走心地想。现在想来，才突然醒悟，人的脸，原来就长在人的手上，谁有手艺，而且手艺又超群拔萃，谁的脸面就有光彩。

因此，郝大器被人请进门来，给事主家做活儿，做得就更为精心，更为精细，更为人所喜欢。

三

媳妇儿高文艳的闺蜜方艾艾要出嫁了。

方艾艾的老父亲，要给方艾艾打制一对描金箱子，还有梳妆匣子、脸盆架子以及一把小圆凳子。古周原上的习俗呢，娘家人给待嫁的闺女，拿不出这几样撩人的陪嫁，就让女儿嫁不体面。高文艳把她鲜鲜艳艳地嫁给了郝大器，她是嫁体面了，给她拾了脸。方艾艾怎么办呢？她能把自己嫁亏吗？当然不能了，凤栖镇上的人物，方艾艾挨个儿往过数，给她选着了要嫁的人。

"一工、二干、三教员，死活不嫁庄稼汉"。

那时候的姑娘们，心里想的，嘴上说的，就是这个标准。

所以说，是为闺蜜的高文艳，把自己嫁得早，嫁给了木匠郝大器，方艾艾以闺蜜的方式，是祝贺了高文艳的，但她内心却不以为然。因为郝大器的手，再怎么巧，巧在他制作的箱箱柜柜梳妆匣子上，刻摩得出花儿来，描画得出草儿来，是个受人敬重的门里匠人，可他终究脱不了庄稼汉的皮，他还是个要种地的泥腿子……方艾艾在她心里，暗暗地下着决心，她哪怕把自己嫁迟了，再迟都要嫁个不是庄稼汉的男人。

说媒的人，来得倒是不少，但今日来今日走，明日来明日走，方艾艾才不给媒人松口呢！

方艾艾一直拖着，拖得高文艳早她嫁了两年，她还在拖……不过，方艾艾把她的婚姻大事拖着，拖不出个名堂来，高文艳像是要等着她似的，嫁了给她拾脸的郝大器，却也没有开怀。

高文艳是要等方艾艾把她嫁出去，与她一块儿开怀生娃娃吗？

方艾艾找到高文艳东街村的家里来，与高文艳一人一拳头，相互算是打了招呼后，高文艳倒没往别个方面想，方艾艾却那么想了，还那么说了出来。

高文艳是不能洗衣服了，她拉着方艾艾去了她的房子里。

在她的房子里，方艾艾变得像只狗儿一样，转着圈子这里闻闻，那里嗅嗅，总说高文艳的房子里有什么味儿。怪怪的，她像从来没有闻见过，又好像闻到过似的那种味儿。

是个啥味儿呢？方艾艾要高文艳交代了，老老实实交代，不交代就不饶过她。

高文艳糊涂着，不知道是个啥味儿。

也许是高文艳常在她的房子里，她习惯了，就闻不出别样的味儿来，便给方艾艾交代不出来。而方艾艾似也没想深究，仿佛过来人似的，扳过高文艳的脑袋，把她热烘烘的嘴巴，叼在高文艳的耳朵上，给她神秘兮兮地说了。

方艾艾说：是你和给你拾脸的那个人的味儿哩！

高文艳听明白了，觉得还没有结婚的方艾艾咋那么敢说！她一下子愣了起来。不过也就愣了一会儿，就蓦然醒悟过来。风言风语的，高文艳已经耳闻到一些信息，说是方艾艾死皮赖脸地撵她们原来的一个老师哩！

高文艳听到了，没敢相信。自己的老师呀，咋好意思撵？

方艾艾刚才的一句话，让高文艳相信了关于她的传言。

啊呀呀！方艾艾可是太把自己不当回事儿了。

高文艳这么想着，觉得她俩是闺蜜，她有责任提醒方艾艾的。因此高文艳说她了。

高文艳说：你呀！让我咋说你哩？

高文艳说：你可别把自己不当事儿，到时候，出了问题咋办呀？

方艾艾被高文艳这一关心，她收敛了许多。但还是有那么点儿不管不顾，放低了声音，说了这样一句话。

方艾艾说：能咋呢？

方艾艾说：不就是怀娃娃吗。

方艾艾说：我还就想着怀上娃娃哩。

高文艳感觉她与方艾艾，是彻底没有话可说了。但是方艾艾还有话给她说，而且说得更加露骨，更加没遮没拦。方艾艾是这么说来的，她先不说自己，而是说高文艳了。

方艾艾说：你怎么样？

方艾艾说：肚子咋还不见起来？

方艾艾说：别到时候，我比你还先有了娃娃哩。

她要嫁的老师姓邓，就在凤栖镇上的中学里任教，方艾艾和高文艳在中学读书的时候，邓老师给她俩上过课。邓老师的心，没在凤栖镇的中学里安，他得过且过地教着他的书，梦想有一天调离凤栖镇，调到县城的中学里去，在县城交一个像他一样吃商品粮的女朋友，然后结婚生子。可邓老师的如意算盘，打得虽然如意，却怎么都实现不了。邓老师把他自己耽搁着，自己急不急的，方艾艾为他急上了！

为邓老师急上了的方艾艾，瞅着空儿，到她毕业了的凤栖中学里去，帮助她的邓老师拆洗被褥，缝补衣裳。这是个好办法哩，方艾艾给邓老师洗着衣裳，她洗着洗着，两人就好上了。

高文艳想得到，方艾艾今天找她，绝不是为了向她暴露隐私的。她肯定还有要说的事儿哩。但她偏是这么一个人，有事儿从不往事儿上说，而要说些不着调的事，等着对方来猜来问了。

知道方艾艾的那一种品性，高文艳怕她继续胡说乱说，就顺着她的意，问了她。

高文艳对方艾艾说："你不是给我来说瞎话的。"

高文艳说："有啥开口的事儿，我不是外人，你给我说。"

方艾艾开心高文艳这么问她话。她说："巧手木匠不在家吗？"

高文艳说："被人请去咧。"

方艾艾说："我也要请巧手木匠哩！"

高文艳说："给你做嫁妆？"

方艾艾说："做嫁妆。"

高文艳说："好，就让大器回家来，挑上他的木匠挑子去你家。"

方艾艾说："好闺蜜就该这样哩。"

四

把打箱柜梳妆匣子的事说定下来，俩闺蜜就相互告辞了。

过了两天的时间，郝大器由他做活的事主家，挑着他的木匠挑子，把他送回家来了。那位挑着木匠挑子，把郝大器送回家的事主，五十来岁的样子，他一脸的细汗，在郝大器的家里放下担子，来不及擦汗，就先从他怀里摸出一个小布包，小心地解开来，亮出了包在里边的钱，向迎着他们走来的高文艳送了上去。

事主说："掌柜的收好。"

事主说："你家男人活儿做得好，我满意，给他工钱他不接，要我拿着到家里来，给你手上送。"

事主说："你有这样的男人，你把人活成了！"

男人是个耙耙，女人是个匣匣。郝大器忠实地执行着古周原人的这一家庭分工。他把高文艳娶回时，就这么给高文艳说了，说他今后，只负责给家里搂钱，管钱的事就交由高文艳了，受累把钱管起来，他好腾出手再挣钱。

对于郝大器的这一举措，高文艳自然是欢喜的。

高文艳非常享受每次送郝大器回家来的事主，把郝大器挣下的工钱，交到她手上的感觉，真是太美妙了。那些事主，包括今天来的这位，眉眼上，言语上，没有不羡慕夸赞高文艳的。

接过了事主送到手上的钱，高文艳要给事主捧一碗茶水的，这也是古周原上的规矩，"来而不往非礼也"。高文艳收了钱，给事主捧杯茶，是天经地义的。事主虽然要千恩万谢地说，但也不会太客气，要接过手，端起来喝了呢。

事主喝了高文艳捧给他的茶，高高兴兴地走了。

高文艳这时候也要给郝大器捧茶的，一小茶碗的陕青叶子，冲泡在茶碗里，随着水的作用，一点一点地在变，先都浮在水碗上边，一会儿时间，就吃水往碗底沉了。一根沉下去了，一根又沉下去了……就在郝大器看着茶碗里的陕青叶子，往碗底沉着还未能喝上一口时，高文艳就给他吩咐上了。

高文艳说："方艾艾让你给她打制嫁妆哩。"

高文艳说："咱不能要人家高接吧，你歇会儿自己过去。"

郝大器可以不听别人的话，媳妇儿高文艳的话，他特别愿意听。他为了给自己爱听高文艳的话找借口，不仅给高文艳这么说，也给凤栖镇上他相熟的人这么说。他说一个男人，不听自己媳妇儿话，还能听谁的呢？听媳妇儿的话，是一个男人的美德。

凤栖镇是古周原上的一个老镇子，古周原的传统遗风，在镇子上根深蒂固，没人敢说郝大器那样的话。

大家说起自己的媳妇儿，真实的情况究竟如何，那是人家夫妻间的事情，没人太在意，但开口要说，都只会说，"打到的媳妇儿揉到的面"，好像他在自己家里，有多么霸道似的！

郝大器不喜欢听别人这么说，所以就逆着凤栖镇上的舆论，说他就听媳妇儿的话。他把他听媳妇话的道理，说得振振有词，铿锵有力。他说，咱把人家一个黄花大闺女娶回家，变成咱的媳妇儿，就要听媳妇儿的话哩，因为没有哪个媳妇儿说话，不是要咱男人学好，别吃烟，少喝酒，没事就回家里来。这不好吗？咱为啥不听呢？我就听我媳妇儿的话，回到家里来，哪怕她唠叨，也是为了咱好啊！要咱脚勤手勤眼睛勤，要咱长心眼儿，可别一时糊涂，惹出是非来。

媳妇儿高文艳，特别受用郝大器的这番说教。她让他去闺蜜方艾艾家给她打制嫁妆，郝大器听了，把前头的事主家给他送回来的木匠挑子，顺手挑上肩，这就要出门去方艾艾家，媳妇儿高文艳却把他的木匠挑子按住了。

高文艳说："还不给我换身衣裳去。"

高文艳说："你成心是吗？一身的臭汗脏衣裳，到方艾艾家里去，人家会怎么看我呢？"

高文艳说："我可不能让你丢了我的脸。"

媳妇儿高文艳给郝大器换穿了一身衣裳，都是新里新面新做的。

郝大器穿上身来，还闻得见新里新面新做的那种特殊的气味，是清爽的，是醉人的。

郝大器就穿着这样一身全新的衣裳，自己挑着木匠挑子，从他东街的家里走出门，走在凤栖镇的大街上，走过街上的那一个小场子，向前一直地走，迎面就碰上了镇派出所的老杨头……凤栖镇街道上人说，老杨头天上的事情知道一半，地上的事情他全知道。郝大器作为名声在外的一个木匠，什么时候出门接活，他的木匠挑子都有事主家的人接，做完活了，又有事主家的人往回送，这一次他自己挑着在凤栖镇的大街上走，老杨头就有些奇怪，他没有拦郝大器的头，知道人家一个负重的人，拦人家的头不好，就在他们擦肩而过的时候，老杨头抛给了郝大器几句话。

老杨头说："上谁家门上去呀？"

老杨头说："没来人接，要你自己挑了担子去？"

老杨头说："好大的面子呀！"

郝大器没想隐瞒老杨头。但他还是说："你猜呢？"

老杨头说："不好猜。"

郝大器说："谅你知道得再多也猜不出来。那就告诉你吧，是我媳妇儿的闺蜜方艾艾家。"

郝大器说："方艾艾攀上他的老师了。"

郝大器说："邓老师。"

对此老杨头倒是知道的，不过他不太认同这样的恋爱关系，便叹了一口气，说："师生恋？"

老杨头说："他们可真敢往一起恋呀！"

郝大器是认同老杨头的话的，但他不想太纠缠，就走过了老杨头，直往西走，走在街面上，还有人稀奇他自个儿挑木匠挑子，就还像老杨头一样问他，可他不想再与他们解释什么，就闪闪悠悠地挑着他的木匠挑子，如风似柳，飘飘荡荡地走，走到了方艾艾西街的家门口，咳嗽了两声，给方艾艾远门里递着声音，是想他们谁听见了，出门来接一下他。

可是郝大器把咳嗽送进方艾艾家门里了，却不见人出门，他就自己走进门里去了。

五

郝大器进得门来，没有见到方艾艾，他见到的是方艾艾的父亲方守贵。

方守贵看见从他家门口走来的郝大器，一只手端着他正吃着的旱烟锅，就迎着郝大器来了。方守贵知道，她女儿方艾艾是请了郝大器，但也知道郝大器不是那么好请，作为父亲，他应该去郝大器家门上，把郝大器高接来他家里的。他没能去高接郝大器，就是他的失礼，如果在自家大门口接上，也可算是弥补，结果也没接上。他耳朵有点背，刚才隐约听得有咳嗽声，但没想到郝大器，会自个儿挑上木匠挑子来他家，所以就没往出迎。

心里满抱歉着的方守贵，向郝大器迎来时，脸上就都是一种巴结讨好的笑了。

方守贵笑着迎上了郝大器，他本来要接郝大器肩上的木匠挑子的，却因为有烧着的旱烟锅占着手，又不方便接，就举着他的手，看着郝大器把肩上的木匠挑子卸下肩，这就赶紧把他端在手上的旱烟锅，往郝大器的手上递，都送到郝大器手边了，却知觉旱烟锅的嘴儿，刚才是叼在他嘴上的，烟嘴儿自然留有他的唾液，就又收回来，在他的衣襟上，把烟嘴儿蹭了蹭，才又往郝大器的手上送。

方守贵的老伴儿死得早，他就一个宝贝疙瘩的方艾艾，他没法给方艾艾找个老师那样的好主儿，方艾艾自己出马给自己找到了，身为父亲的他，甭说有多高兴了。

方守贵必须把女儿方艾艾嫁得体面，打一套陪嫁的箱箱柜柜梳妆匣子，是再必要不过了。女儿方艾艾和郝大器的媳妇儿高文艳从小走得近，自告奋勇请了郝大器。郝大器的活路太忙了，他能来，就是他们家的体面，而且还即请即来，便更是他们家的体面了。

体面叠加着体面，方守贵一边给郝大器手里送着旱烟锅，一边嘴上说："我马上给你买香烟去，金丝猴香烟。"

方守贵说："还有酒，西凤醉的瓶装酒。"

方守贵说："当然还有肉，猪肉羊肉都给家里割一刀子。"

方守贵说："只说你答应给我女儿方艾艾打制嫁妆哩，没想到你来得这么快，让我都没来得及准备。"

方守贵说："失礼了。失礼了。"

鉴于媳妇儿高文艳与方艾艾的亲密关系，听媳妇话的郝大器是不会评论方守贵所说的失礼的。他吃商品化的香烟倒还可以，劲儿高猛的旱烟锅，他还真吃不动，所以没有接方守贵送到他手边的旱烟锅，而是接着方守贵的话，给方守贵说了。

郝大器说："板子呢？"

郝大器说："你知道我的活路多，这次来你家，是抢了人家的先呢，就得抓紧时间，把方艾艾的嫁妆做出来，好给人家补活儿。"

方守贵感激郝大器把给她女儿方艾艾打制嫁妆的活儿，安排在别人家的前头，还感激郝大器自己挑着木匠挑子，进了他家的门，烟没吃一根，茶没喝一口，就问他要板子，准备下手做活儿，他岂能怠慢，就把他备在屋子里的板子，一块一块地往院子里搬了。

凤栖镇上的人家，院子的格局基本一样，盖了上房盖门房，在上房和门房之间，再盖三两间的偏厦，作为厨房什么的来用，余下的就是一片空院了。

方艾艾的父亲方守贵，给女儿装备的板子，就放置在偏厦的一间空房里，他往院子搬来一张，郝大器便顺手接来一块。识货的郝大器发现，那些板子可是不错哩，既有优质的核桃木可打制箱箱柜柜的架子，更有优质的楸木可打制箱箱柜柜的镶板……一个称职的木作匠人，深知好的木料是打制好的箱箱柜柜的基础，余下的边角小料，就做梳妆匣子、脸盆架子。

郝大器满意方守贵搬到院子里来的那些板子，并在心里盘算着，一定要给他媳妇儿高文艳的好闺蜜方艾艾，精心地打制出一套嫁妆来。

方守贵把板子全都搬到院子里来后，即连声恩谢着郝大器，要他不要忙，他则抽身出来，到凤栖镇的街市上，灌烧酒、购烟、买茶、割肉了，他把招待郝大器要用的那些珍贵的物品，选着好的，挑着贵的，都买下来，肩背手拿胳膊弯里掖，张张扬扬地往回拿了。

就在方守贵上街购买这些物品的时候，得到消息的方艾艾回家来了。

跟着方艾艾一起回来的，还有她要嫁的那位邓姓老师……拉开架势为方艾艾打制嫁妆的郝大器，当时扯着他的墨斗线，在一块核桃木的板子上，按照他预想的尺寸，敲着墨线，他一个人来敲，是有些不便的，他必须把墨线的一端，卡在核桃木板子的一端，卡死了，再扯着墨线，咯啦咯啦响着，长长地扯到核桃木板子的另一端，用左手拇指摁定在板头上，伸出右手，捏起墨线，闭上一只眼睛，睁上一只眼，拿睁着那只眼睛照着，不能偏了，不能斜了，"嗒"的一声，敲在板子上，敲出一条黑乌乌的墨线来。

郝大器肯定没有方艾艾要嫁的邓老师识字多，有学问，但郝大器有实践，而且还善于在实践中总结提炼些东西出来，再运用到实践中去。

郝大器总结提炼的东西有很多条，但最为使他骄傲的，有这么两条。

两条重点的一条是：木匠行里，一根墨线是准绳。

两条重点的另一条是：弯木头，直匠人。

很会总结提炼的郝大器，以及他对自己木作经验的总结提炼，绝对不限于单纯的木作手艺，还蕴含着深奥的人生道理，也就是说，那根敲在木板上的墨线，既是木作手艺的准绳，亦是人而为人的准绳，不能斜想歪想，更不能斜做歪做，要正直不曲，要正派大方。

直心肠的郝大器，看见了走进门的方艾艾和她要嫁的那位邓老师，他没有说话，方艾艾就以主人的口气喊着说上了。

方艾艾说："真听话。"

郝大器听得懂方艾艾话里的意思，他回了她一句话："你是谁呀！我媳妇儿的闺蜜哩，能不听话吗？"

方艾艾听得开心，就回了头去，问她要嫁的邓老师，说："听见了吗？"

邓老师当然听见了，但他依然装得老师一般，面无表情。对此，方艾艾也许心里有她不能理解的地方，但面子上，对她面无表情的老师，仍然一副巴结逢迎的样子。

方艾艾所以是那么一副模样，都在于她想要邓老师屈尊下来，帮助郝大器来扯墨线，可人家邓老师依然面无表情，不知道来帮郝大器。

方艾艾就自己示范性地帮助郝大器扯墨线了。

六

郝大器把那位邓老师看在眼里，莫名地为方艾艾难过起来。

郝大器为方方艾艾难过，是有邓老师不知礼数的原因。但这不是最关键的，最关键的是邓老师生得干干瘦瘦，除了有个老师的身份外，实在没有什么吸引人的地方。

郝大器同情方艾艾，就不想让她为难。

郝大器说："你们忙你们的去，我这里没你们要帮的忙。"

郝大器话音刚落，上街采买物品的方守贵回来了。

方艾艾看见了拿了那些物品的老父亲，这才得救似的，从郝大器身边跑出来，去接她老父亲了。可是她要嫁的那位邓老师，还像一根木桩一样，毫无表情地栽在原地，这叫郝大器不由自主地生出一股邪气来，把他拿在手上给木板放线的墨线，猛地拽扯到一边，照着邓老师弹了过去，溅出一片黑色的墨点子，纷纷向着枯立的邓老师，射了过来，把他面无表情的脸，当下染得麻麻花花，不成了样子。

内心得意的郝大器，嘴上给邓老师检讨了。他说："失手了！"

郝大器虽然给邓老师道着歉，但邓老师似乎并不买账，他不擦脸上的黑墨点子，就那么冷硬地站着，双目死巴巴盯着郝大器看……方艾艾跑来收拾残局了，她把邓老师的身子，扳着转了个向，背对了郝大器，面对她，只瞅了邓老师一眼，就掩饰不住地乐了起来。

凤栖镇上的习俗哩，谁家有了喜事，娶媳妇生儿子，热心的镇上人，是一定要扫些锅底灰，去涂染逢着喜事人家的脸面的。方艾艾之所以乐了起来，她是想到了镇子上的这一习俗。

方艾艾乐着给邓老师说："人家给你脸上敲墨，那是提前祝福咱俩哩。"

方艾艾说："人家给我打嫁妆，先就给咱道喜了。"

方艾艾这么说着并拖着邓老师，去了她住着的上房里，端了水来，给邓老师洗脸。就在方艾艾张罗着给邓老师洗脸的时候，郝大器的媳妇儿高文艳，也到方艾艾家里来了。

俗话说得好，跟上皇帝当娘子，跟上杀猪的翻肠子。

高文艳跟上了木匠郝大器，耳濡目染，自然地能帮郝大器的忙……郝大器在核桃木的板子上，依照他给方艾艾打嫁妆的需要，宽宽窄窄，粗粗细细，敲上了许多墨线，下来就是沿着墨线，用锯子一条一条地来锯了。锯木板是最伤力气的活儿呢！有个人搭把手，自然要轻松一些，但搭手的人，要会使劲，劲使得顺，当然轻松，使得不顺，还可能更吃力。媳妇儿高文艳，在家里看他做活儿，经常给他帮手，帮习惯了，郝大器自觉特别顺手。

夫唱妇随，说的虽然不是郝大器夫妻俩锯板子的事情，但用在这里，似乎也很恰切。

刺啦……刺啦……郝大器和媳妇儿高文艳在方艾艾家的院子里，配合密切地锯着板子。锯下了几根长料后，方艾艾才挑起她上房的门帘，端着一脸盆的黑水走出来。

高文艳撺到方艾艾的家里来给郝大器当帮手，方艾艾是没有想到的。

手端一盆黑水的方艾艾，看见了高文艳，她自己先就脸上飞起红来。

方艾艾问："你怎么也来了？"

高文艳没有停下给郝大器帮忙的手，说："我来错了吗？"

方艾艾知她话里有话，就忙又改口说："不是不是，我是说你是啥时候来的？"

高文艳说："你拿眼睛数一下，看我帮我男人都锯了几根长料咧！"

红着脸的方艾艾，被来帮忙的高文艳戗得半天没话说。

高文艳说："我跟的是木匠，当然要会帮手扯锯。"

高文艳说："不像你，跟的是老师，以后也要做先生的。"

邓老师就在这个时候，挑起上房屋的门帘出来了。他听到了高文艳的话，哪怕高文艳也曾是她的学生，他也像没有看见似的，面无表情地甩着手从干着活儿的郝大器和高文艳身边走了过去，走出了方艾艾家的大门。

方艾艾不能不送邓老师，她屁颠儿屁颠儿的样子，让高文艳不禁为她担起了心。

七

高文艳担着方艾艾的心，就还抬头看向她的男人郝大器，觉得与她一起扯着锯的他，胳膊上的肉块子，还有脸上的肉棱子，一动一动，都是那么瓷实。

自己的男人给闺蜜打制嫁妆，高文艳过来帮帮手，是她讲情分。

但高文艳是不能一直待在方艾艾家里给郝大器帮手的。高文艳还有她要做的活路哩，家里的猪呀、鸡呀，她不能不喂养，责任田里的麦子、油菜，她不能不照看。高文艳两头跑着，跑了八九天，看着一堆杂乱的木板，在她男人郝大器的手里，一天一个变化，那变化是神奇的，一件三开门的大立柜，棱角分明地挺立起来了；再过一天，一件高低柜，也棱角分明地挺立起来了；再过一天，两件衣箱，也光光溜溜地摆开了；还有梳妆匣子、脸盆架子等小件陪嫁物品，也都有模有样地做了出来。

所有陪嫁品，高文艳看在她的眼睛里了，也知道鲜明在方艾艾的眼睛里呢！因为到了方艾艾嫁邓老师的日子，一件一件都要陪着她嫁过去哩。

那是要给她方艾艾拾脸的陪嫁呀！

方艾艾嫁的是邓老师，所以她要她的陪嫁，比别人的更精美，更特别，更拾脸。所以在郝大器给方艾艾打制出那一整套陪嫁后，她蓦然发现了一个问题，所有的嫁妆里，怎么就没有书柜呢！疏忽了……方艾艾知错就改地要求郝大器了，给她和她的邓老师，加打两面书柜。方艾艾说了，邓老师的书，摆放在书柜里，才是拾脸，才能显出不同于常人的书香气来。

方艾艾给郝大器提了出来，郝大器就也给她打出来了。

现如今，所有要陪嫁的家具都被郝大器打制好了，白朗朗排开在院子里。散发着的浓郁的木香味，让方艾艾别说有多着迷了。把院子里的木屑板头，扫除干净，就能开始下一套工序了。

下一套工序，就是给所有的陪嫁上漆。

郝大器在进行木作的过程中，方艾艾就十分操心了呢！按照门内匠人应该有的享受，每天五顿饭地供养着郝大器，要上漆了，她照样儿一天五顿饭地端给郝大器，让他享受。郝大器享受着时，方艾艾不放心，还要关切地来问郝大器。

方艾艾问："我的锅灶怎么样？"

方艾艾问："比高文艳的呢？"

方艾艾从郝大器嘴里问不出个所以然来，就强调着说："好不好，你大木匠都要吃好了呢。"

郝大器虽没正面回答方艾艾，但他用他吞咽食物的方式，明白无误地告诉方艾艾，他很享受她的锅灶，他吃得非常满意。

木匠怕漆匠，怕的是木匠打制的箱箱柜柜，表面粗糙不好上漆。

郝大器木作、漆工一身挑，就没有什么怕的了。他给方艾艾的陪嫁上漆，劈腻子着色，征求了方艾艾的意见。方艾艾不敢拿主意，她问了邓老师，邓老师喜欢橙红色，方艾艾就给郝大器嘱咐，让他给她调橙红色的油漆。三开门的立柜，还有高低柜，橙红色油漆了，倒是十分亮堂。但是一对箱子呢？

郝大器自作主张地按传统的雕漆方法，来给箱子既描金，又漆彩了……描金就是金粉画，郝大器把一对箱子的正面，依据黄金分割法的原则，分划成三个部分，中间部分横，两端部分竖，在竖的两端，一端按"喜鹊登梅"的画样描金，一端按"富贵牡丹"的画样描金，中间横的部分大，足有两端加起来的面积，郝大器思谋良久，就按一幅古色古香的"红袖夜添香"的读书画给描金上了。

虽然郝大器是自作主张，却也很得方艾艾的心。

方艾艾开心郝大器的善解人意，她没有想到的意境，郝大器想到了，也给她尽心尽意地做到了。方艾艾因此对郝大器又高看了一眼。

峨冠博带的一位书生与一位衣袂翩翩的女子，依偎在一盏夜灯下的书案边，卿卿我我，好不恩爱！

方艾艾太爱这幅画了，她日思夜想的生活不就是这样的吗？

方艾艾为了款待郝大器，每顿饭都多加肉多加油，而问题就出在多加的肉和多加的油上了。

到了那天下午，去给那些箱箱柜柜、梳妆匣子、脸盆架子上最后一遍漆时，郝大器直觉被方艾艾的多肉多油，吃得滑肠了。

油漆活儿比不得木作，丢下手里的活儿，就能到大门外的茅厕里去。解一回手，大手、小手都一样，他必须把沾在手上的漆渍洗净了才能去……最后，郝大器把他自己耽搁得十分地急了呢！

郝大器去洗手了，洗着手时，就有一种无法忍耐的下坠感，一波一波地冲击着他的后门，他连跑出方艾艾家的院门，去到大街上的茅厕里去的耐力都没有了，只好向方艾艾家的后院跑了过去。

八

后院在古周原上，包括凤栖镇，就是家庭内眷解手的地方。

郝大器在往后院跑的时候，并不知道方艾艾在他的前头，也刚入了后院，且已蹲在后院，亮出她圆圆白白的屁股，也在解手……郝大器因为不知，更因为特别内急，他在往后院跑去的时候，就已经解开了他的裤腰带，所以他刚一入后院，就扯开裤子，蹲下来畅快淋漓地泄了起来！

方艾艾的一声惊叫，仿佛天崩地裂似的响了起来。

啊呀！你、你、你……

方艾艾的惊叫是短促的、是尖锐的。郝大器听着像是一根一根的利箭，直往他的耳朵眼里钻。他是顾不得再拉了，当然更没有时间来擦拭，就把裤子提起来，慌慌张张地从后院往外跑了……没泄干净的屎尿，哩哩啦啦地泄了他一裤裆。他这个样子，是不好再在方艾艾家里站着了，因此就双手提着裤子，又从方艾艾家的前院往大门外跑了。谁知他刚跑到大门口，迎面就撞着了邓老师，把邓老师撞得一屁股坐在了地上。按理撞倒了邓老师郝大器是要把人扶起来才对呢。可他一副慌慌张张，唯恐躲邓老师不及的样子，不仅没有搀扶他，还绕开蹲坐在地上的邓老师，继续惊慌失措地往前跑，他要跑回家去，把他弄脏了的裤子换下来。

　　邓老师满腹疑惑。他没等郝大器跑远，就敏感地一个蹦子跳起来，蹿进方艾艾家的大门。邓老师看见的方艾艾也像郝大器一样，双手提着裤子，慌慌张张地从后院跑出来，跑着要往她居住的房间里蹿……他的眼睛瞪大了！郝大器手提着裤子，方艾艾手提着裤子……啊！啊！啊……邓老师就那么看着方艾艾，而方艾艾也手足无措地看着邓老师，他俩在院子里，相互僵僵地对看了好一阵子，方艾艾的鼻子发酸，眼泪唰唰地流着，忽然地一扭头，冲进了她的房间里，委屈地哭了起来……方艾艾的哭是压抑的，不甚嘹亮，但传进邓老师的耳朵里，却特别地刺耳，他慢慢地转过身，慢慢地向方艾艾家的院外走着。

　　邓老师走着，在大门口撞上了方守贵。不过，他们走得慢，虽然撞上了，却撞得并不重，只是站定了下来。

方守贵站定了，还想和他未来的乘龙快婿说句话的，但是邓老师没有给他这个机会，瞪着一双愤怒的眼睛，把方守贵恨恨地盯了一眼，便背对了方守贵，甩着手，扬长而去。

心里犯起疑惑的方守贵，前脚跨进大门来，就又被女儿方艾艾的啼哭声，弄得更疑惑不解了。

打小没娘的方艾艾，长在方守贵的身边，是他的心肝，是他的宝贝！

方守贵撵进方艾艾上房的屋子里，劝说起了方艾艾。他想要知道她啼哭的原委，方艾艾啥都不说，冲出了房门，冲到院子里，抬脚就往箱箱柜柜上踢，一踢一个大脚印，让跟来的老父亲，一眼便看清楚了问题的根源。

方守贵没有阻拦方艾艾踢踹给她新打制的陪嫁箱柜，自个儿走出院门，闷着个头，气汹汹往凤栖镇东街上的郝大器家走了去。

在家换好裤子的郝大器，端着一碗高文艳给他冲泡好的茶水，一口接一口地喝着，想着刚才发生的事。郝大器还没有想出办法来，方艾艾的老父亲方守贵，便一脸怒气地上门来了。

方守贵走进郝大器门里的时候，高文艳还在心疼地数落她的男人郝大器。

高文艳说："给方艾艾打制陪嫁的箱柜，把你上心得都忘了拉屎咧！"

高文艳说："你看你，泄得一裤裆的屎！"

高文艳说："你给我说，你是怎么了？"

闯进门来的方守贵，接着高文艳的话，恶狠狠地回了一句："他做的好事！"

方守贵说："好汉做事好汉当，拉稀算什么？"

高文艳听不懂方守贵恶狠狠的话，更看不懂方守贵凶巴巴的脸，便很是不解地问他了。

高文艳问得很直接。她说："我家男人去你家做什么你不知道？"

高文艳说："辛辛苦苦十来天，给你家把活儿要做完了，你就这么上门谢承他吗？"

方守贵被高文艳这一通数落，突然地一阵心痛，像有一把刀子在搅，痛得他头上脸上，蓦地滚出一片汗豆子。

方守贵说不出话来了，他张开口，竟然是一嘴的血，直往下巴上流……高文艳慌了，郝大器也慌了，他们夫妻俩不敢怠慢，郝大器抢前一步，趁着方守贵将倒未倒时，弯腰背起他就往凤栖镇上的医院跑。郝大器跑得快极了，几乎可以用飞来形容，但还是没有赶上，到了镇医院里，方守贵的脉搏，已经永远地停止了。

这太不幸了，大不幸的呢！

九

不幸的是要了命的方守贵，当然还有活着的郝大器。

邓老师向镇上派出所，告发了郝大器。他当时跑得气喘吁吁，跑到派出所，当着派出所民警的面，开口就这么说了。

邓老师说："一对狗男女！"

接待邓老师的派出所民警恰巧就是老杨头，他老成持重，邓老师说的那种话听得多了，他的反应自然没有邓老师那么强烈。

他给邓老师说："具体点，是谁？"

邓老师就把郝大器先说了出来。说他去方艾艾家里，给方艾艾打制嫁妆，图谋不轨，淫欲泛滥，他把方艾艾"那个咧"！

邓老师的用词，说得是很粗鄙了。但他看着听他说话的老杨头，突然地改变了口气，就把难听的话压了压，很有觉悟地给老杨头还检讨了两句。检讨过后，为了获取老杨头的好感，还没来由恭维起老杨头了。

邓老师说："警察同志重视的是事实依据。"

邓老师说："尤其是您有经验的老警察。"

邓老师把老杨头恭维过了，就继续说郝大器，把他见到郝大器的情状，仔细地说一遍。说过了，不见老杨头应声，下来就又来说方艾艾了。

邓老师说："不是我亲眼所见，我不能相信，方艾艾她……她一个有主的待嫁姑娘，怎么能惹出那样的事呢？郝大器惊慌失措，夺门而出；方艾艾哭哭啼啼，痛不欲生……你们警察，都有丰富的办案经验，你说，这是个什么事儿呀？"

老杨头正如邓老师恭维的那样，他确实很有办案经验。

他听得出来，邓老师状告郝大器，带出了方艾艾，其目的可能是不纯洁的呢！

都在凤栖镇子上，方艾艾攀上邓老师，做了邓老师的未婚妻，别说是派出所的老杨头，全镇子上的人，谁不知道呢？大家可是都知道了。便是方艾艾请来郝大器，给她在她家里打制陪嫁的箱箱柜柜，镇子上的人也都知道了。郝大器"图谋不轨"，在方艾艾的家里把方艾艾"那个了"，作为未婚夫的邓老师，他可以生气，更可以愤怒，但他把要生的气，针对郝大器就行了，他不该同时针对方艾艾，出口骂他们"狗男女"！

老杨头有着丰富的人生体会，加之他长期的案件办理经验，使他敏锐地听出了问题来。他认为邓老师的情绪表达过头了，他有借此机会实现他甩掉方艾艾的图谋。

老杨头是谁呀？凤栖镇公认的神探哩！

邓老师一张嘴，他即明察秋毫，听出了问题的实质，方艾艾与他恋爱，也许是剃头匠的担子，一头热。方艾艾是热着的，人家邓老师不见得热。老杨头这么想着方艾艾与邓老师的关系，听完邓老师愤恨不已地报了案情后，他把邓老师送出了派出所，让他去学校的教师岗位上，好好教他的书。

老杨头的话说得艺术极了："负责好镇子上的治安，是我们派出所的警察神圣的天职。"

老杨头说："你们学校的老师呢？"

老杨头说："教好镇子上的学生，也该是你们老师的天职吧！"

老杨头本来还想说，你们老师怎么能和自己的学生谈恋爱呢？还想说，既然谈上了，就要珍惜你们的感情。但他说了前头的话后，就把到了嘴边的后两句话，咬紧在牙齿上，没有说出来。

老杨头虽然没有说出来，但他相信邓老师把他没说出来的话，一定是听出味道来了。为此，老杨头望着向镇中学方向走去的邓老师，不由自主地在嘴头上，叽咕了这样两句话。

老杨头叽咕："想要把我当枪使吗？！"

老杨头叽咕："小样儿！我老杨头是你当枪使得了的人吗？"

老杨头对邓老师的报案，不能说完全没有当事，却也没有特别往心上去。小小的一个凤栖镇，碎芝麻、烂谷子，要老杨头他们派出所的警察处理调解的事情，多了去了。就在邓老师报了案，老杨头把他送出后，他还在心里叽咕着他报案的事情时，又有一位披头散发的女人，大喊大叫地跑来了。

披头散发的女人直冲老杨头而来，她哭着喊着说："我不活了！"

老杨头望着这位"不活了"的女人，就回了一句话："怎么又不活了？"

披头散发的女人依然哭着喊着说："挨千刀的，一个晚上不回家地赌，就我那个家，非被他赌空了不可！"

老杨头说："你是给我说你'不活了'呢？还是说挨千刀的赌场？"

披头散发的女人说："我说的是挨千刀的赌场，也说我

'不活了'。"

老杨头的兴致不错，这是因为他的工作性质，还因为他对凤栖镇人们的热心。他用他的这种方法，才能把许多麻烦棘手的事处理得了，处理得好。基层公安的调解工作，是非常大的一个面，来不得斩钉截铁的手段，更不能用雷霆万钧之势，那样反而会把事情弄糟……老杨头凭着他善于瞎扯的处置风格，稀泥抹光墙，调解处理了许多提不上串儿的烦琐事。但也因为如此，他特别受凤栖镇上人的信任与喜爱。

披头散发的女人，回话给老杨头，既说挨千刀的赌博，又说她"不活了"。老杨头便与她打太极拳似的瞎扯了起来。

老杨头说："挨千刀的赌博，你给我说就行了。我来处理他，逮他到派出所来，罚他的款！"

老杨头说："至于你'不活了'的事，你不要给我说，说了也没用，我不能帮助你'不活'。"

老杨头说："你找挨千刀的说去，他应该有叫你'不活了'的办法。"

老杨头说着，还真就如他说话的方式一样，作势作态地打起太极拳来……披头散发的女人不哭了，不喊了，她问了老杨头最后一句话。

披头散发的女人说："你要罚他款？"

老杨头说："挨千刀的赌博，是你报的案，你说我能不罚他款吗？"

披头散发的女人回头走了，她边走边说，说她就只是来找老杨头说一说，她不是报案，她报案怎么能报挨千刀的案呢？她不是报案……不是报案的女人用手理着她头上的散发，急匆匆越走越远，看着她背影的老杨头，脸上不禁露出一丝得意的神色。

老杨头的得意神色，没在他脸上停留多长时间，就从镇医院的方向传来一个消息，方艾艾的老父亲死了。

十

方艾艾的老父亲方守贵，是去郝大器的家里，向郝大器问罪时，突发疾病。被郝大器背着跑到镇医院抢救，办法都用了，没有抢救过来。

老杨头可以对邓老师的报案，半信半疑不咋当回事。但他听到方艾艾的老父亲方守贵死了的消息，就不能不当事儿了。他立即收敛起了脸上刚才有的那种神色，蓦然严肃起来，从所里又叫了两个年轻的辅警，便大步流星地往镇医院的方向去了。

在镇子上的医院里，老杨头见着了死去的方守贵，站在方守贵尸体旁、依然惊慌着的郝大器，以及郝大器的媳妇儿高文艳……事发突然，高文艳显然还不知道，怎么就突然地遇上了这么一件让她难受的事。

方守贵是她好闺蜜方艾艾的父亲，他死了，并且可以说就是死在了她的家里。

人家的老人，哪怕是她闺蜜方艾艾的老父亲，死在她的家里，也是个让人难受的事啊！这是一件，还有第二件哩，就是方艾艾的老父亲方守贵撵到她家里来，冲着郝大器恶狠狠吼出来的那句话，可是太让人费解难受了呢！

方守贵那么说来的。他说得义愤填膺："你做的好事？"

郝大器在方艾艾家里做下什么好事了？高文艳听到耳朵里，当时还和方守贵辩了两句，辩得方守贵口吐鲜血咽了气！高文艳又想方守贵质问郝大器的话，顿然觉悟过来，怀疑他的男人郝大器，是对她的闺蜜动了手脚！

古周原上的人，特别是凤栖镇，有人干出那种伤风败俗的事，大家为了不伤体面，通常都用方守贵质问郝大器那样的话来说事儿，尤其是事中的人是自己的亲人时。

老杨头赶到医院来，看到的情形就是这个样子，高文艳因为想到了那一层意思，所以就正瞪着一双大眼睛，狐疑地盯着郝大器的脸去看，而郝大器被高文艳看着的脸，使劲地要躲开去……老杨头来了，他为了控制事态的发展，就让跟他来的两位辅警，一人抓住郝大器的一只胳膊，推着他往出走了。

看着两位辅警，不容分说，就推着自己的男人郝大器从医院往出走，高文艳相信了她刚才在心里的猜想，她没有阻挡辅警架走郝大器的意思，但她还是不能自禁地抢在辅警们抓着郝大器胳膊，用力往前推着走的前头，要问郝大器几句话了。

本来方守贵的死，让高文艳一脸的悲凄。面对郝大器，高文艳脸上的悲凄蓦然变换得十分狐疑了。现在又从狐疑蜕变成了恼怒，两眼仿佛喷着火光一样。

高文艳问郝大器了。她说："你真对方艾艾做出好事来了？"

高文艳说："我不相信！"

高文艳说："你给我说，你没怎么方艾艾。"

对于高文艳问出的问题，郝大器是想回答她的，可他却语塞得一句话都说不出来，而老杨头带来的两位辅警，把控着郝大器，也使他没有时间回答高文艳的问题了。

老杨头在后，两位辅警在前，把郝大器左右架着，从镇医院押回到镇派出所的路上，遇见了镇子上许多人。大家看到那一种情景，直觉稀奇，就还追着他们，想要与老杨头，或者是郝大器，说上几句话，但所有见到他们的人，却都欲言又止，从他们身边闪了过去。

大家闪过去了，才又不能忍地把他们要说的话，交头接耳地说出来。

有人说了："那不是郝大器吗？"

有人说了："那是郝大器吗？！"

有人说了："郝大器给方艾艾打制陪嫁的箱柜哩！"

有人说了："方艾艾的老父亲方守贵死咧！"

大家交头接耳的议论，虽然声音小，但还是一字不差地钻进郝大器的耳朵里了。郝大器相信，这个时候的风栖镇，像风一样流传的，应该都是这样的话了吧。郝大器还相信，如此风传的深层意思，不会这么客气，而会非常露骨、不堪入耳的吧！

露骨的、不堪入耳的话，老杨头与两位辅警把郝大器押进派出所，把他带入派出所的预审室里，就被老杨头当着他的面说出来了。

老杨头指令两个辅警，押着郝大器坐在一把设置特殊的椅子上，让郝大器顿时觉得他像被穿上了一件铁甲衣，除了嘴能动，脚和手连同身子都不好动了。

遭此待遇，嘴巴尚且能动的郝大器说："这是做什么呀？"

平时那么和蔼的老杨头，突然变得让郝大器不认识了。前些日子，他不还说，要请郝大器去他们家里，给他将要出嫁的妹子打制陪嫁的箱柜哩。可是现在，他就坐在与郝大器相对面的一张小桌子后面，脸上冷得像挂了一层霜，听他说了这样一句话，便毫不容情地回怼起了他。

老杨头说："你把方艾艾怎么了？"

老杨头说："你太不是东西了！给人家方艾艾打制陪嫁就打制陪嫁吧，你还想入非非，给人家方艾艾动手动脚！"

老杨头说："你都看见了，方艾艾的老父亲方守贵已经死了！"

郝大器听得懂老杨头的话，他知道不能拖延了，有必要把他去方艾艾家里发生的事情，一五一十地给老杨头交代了……郝大器没有隐瞒，他仔仔细细地把事情的经过，给老杨头说了后，还怕老杨头不相信他，就发誓赌咒地让老杨头去问方艾艾。

郝大器说："我说的话你可以不信，方艾艾说的话呢？你应该相信吧。"

郝大器说："方艾艾不会乱说，她能说得清。"

在法律面前，老杨头知道，他必须保持一个清醒的头脑。郝大器要他去问方艾艾，他说得对，没有方艾艾的证词，他在郝大器口里问到的，都不能成为治他罪的依据。但老杨头没有放弃讯问郝大器的举动，他又严厉地问了一个问题。

老杨头说："方守贵为啥死了呢？"

老杨头说："跑到你家里去死？"

老杨头说："你能给我说清楚吗？"

对于老杨头讯问的这个问题，郝大器真的不能说清楚，他无可奈何地低下头，无可奈何地叽咕了两声，算是对老杨头的回答了。

郝大器说："这你得去问方守贵。"

郝大器说："只有方守贵自己说得清楚是咋回事。"

老杨头怎么去问方守贵呀？人死了，不会说话了，他要问的还应该是郝大器。但郝大器把他该说的能说的话都说了，老杨头下来怎么问他，他都死猪不怕开水烫一般，不再回答老杨头的问题了。

老杨头能怎么办呢？他就只有用他的老办法了，把郝大器从预审室，转到派出所的留置室里，再不理会他，任凭郝大器待在留置室，吃喝拉撒……老杨头把郝大器一直晾在留置室，留置了一天一夜，这是留置的最高时限，过了这个时限，郝大器再没说的，老杨头就也不好留置他了。

在此期间，老杨头自然没有闲着，他是要找方艾艾的。唯有方艾艾的口供，才是最有用的。

方艾艾能怎么说呢？

老父亲方守贵的猝死，让方艾艾冷静下来了。她伤痛老父亲的死，自己的责任太大了。老父亲爱她，见不得她伤心流泪，她与郝大器在她家后院的那场邂逅，虽然难堪，却也只是一个意外。她如果足够冷静，红一红脸，不要哭，能有什么事呢？可她那么一哭，竟然把她爱在心上的老父亲，哭得丧了命！

还有邓老师，他眼见了惊慌失措、夺路而逃的郝大器的样子，还眼见了她哭哭啼啼、痛不欲生的样子，他拧身就离开了她的家……方艾艾预感到，她和邓老师的姻缘，因此是要断了。

十一

留置在派出所里的郝大器，被老杨头晾了起来。

这是老杨头惯用的一种方法，他知道被晾在派出所留置室里的郝大器，是一定会着急上火的。许多难办的人物，你要快刀斩乱麻，趁热打铁，就能解决问题；而有些人则不能，需要晾着，才能解决问题。老杨头以为郝大器该是后者那个样子，所以他不急，就先把郝大器晾着……郝大器真是个挨不起晾的人，老杨头把他晾了半天时间，他就像头无可奈何的困兽，在关着的那个铁栅栏笼子里，疯了似的乱转圈子。他可能是把自己转晕了，转得昏头昏脑地拿额头直碰铁栅栏，把他的额头都碰得流血了。

郝大器碰着自己的头，他想引起别人的注意。可是留置室空茫茫不见一人，他就破命地呐喊，为自己辩护。

郝大器喊："天地良心，我真没对方艾艾怎么样！"

郝大器喊："方艾艾是谁呀？我媳妇高文艳的好闺蜜哩！"

郝大器喊："我是人，我不是猪！"

无论郝大器怎么喊，都没有人理他。他是喊叫得困乏了，也折腾得没有力气了，因此就在他折腾了好长时间后，就又如一堆泥似的，瘫软在了留置室的水泥地上。

瘫软在留置室水泥地上的郝大器不知道，他媳妇儿高文艳在这个时候，正赶往方艾艾的家里去。

高文艳远远地走着，让她猝不及防的是，距离方艾艾的家门口还有一段路程时，却见方艾艾正把郝大器的木匠挑子，连同挑子里的木匠工具，一件一件地往她家的大门外扔。方艾艾把郝大器的木匠斧子，扔得把儿朝了西，把郝大器的木匠锛子，扔得把儿朝了东，而锯子已经散了架、刨子分了家……高文艳不敢再往前走了。她就那么怯怯地站在远处，看着方艾艾往她家大门外抛扔郝大器的工具。方艾艾一定没有注意，老杨头向她家走来了。就在老杨头走到她家大门口上的时候，一件被方艾艾扔出门的锯子，蹦蹦跳跳地，差点儿砸了他的脚。

高文艳的心乱极了，她想不到，让给她拾脸的郝大器给她的闺蜜方艾艾做好事，却做出这样一个结果来！

高文艳是想要哭的，却哭不出来，她还想要骂的，却不知道该骂谁！她太痛苦了！痛苦得熬了一天一夜，现在的她，眼睛一定是红的，血一样地红了呢！但她知道这个时候，哪怕天上下刀子，她都是要到方艾艾家里来的。方艾艾的老父亲死了。人死为大，高文艳想她该来帮帮方艾艾的忙的。因为在她看来，整个事件的受害者，方艾艾是唯一的。她们是闺蜜，作为闺蜜的她，心里再怎么难受，咬牙忍着，也要到她门上来。

高文艳来了。

高文艳看见愤怒的方艾艾，往她家门外抛扔郝大器的木匠工具，她不能阻挡她，因此就远远地等着，她等得可是有耐心哩。一直等方艾艾把郝大器的木匠挑子和挑子里的家具，都扔完了，这才小心地向她走了去……高文艳走得慢了点，她还没有走近方艾艾，来寻方艾艾的老杨头抢了先。

老杨头抢先走近了方艾艾，他走着便已温言软语地安慰上她了。

安慰着方艾艾的老杨头，陪着方艾艾进了她家的大门，就在她家的院子里站定，向方艾艾询问起了郝大器。

方艾艾没有回避，她回答老杨头了，说："郝大器没怎么我。"

老杨头听了方艾艾的话，他不惊不诧，依然好言好语地劝慰着方艾艾，要她无需顾虑，事情是什么，就说什么，他们代表政府，一定要保护好她。

不论老杨头如何劝慰方艾艾，她总是一句话："我说了，郝大器是老实人。"

老杨头为了不放走一个坏人，更为了不冤枉一个好人，就把方艾艾死了的老父亲方守贵搬出来说事儿了。正是老杨头的这一说，把悲伤着却也硬气着的方艾艾，说得鼻涕一把泪一把地号哭起来了。

号哭着的方艾艾说："是我害了老人家！"

号哭着的方艾艾说："让我死了去吧！"

高文艳在大门外听见了方艾艾说的话，她赶进来了。

高文艳要的就是方艾艾嘴里说的话。她进来了，站在了老杨头的前面，给了寻死觅活的方艾艾一个怀抱，让她扑进了她的怀里，没有劝慰她，还鼓励她，要她哭，使劲地哭，把心里头难受都哭出来。

方艾艾居然听了高文艳的话，她比刚才哭号得还要悲凄，还要伤心。方艾艾哭着问了高文艳两句话。

方艾艾说："我可咋办呀？"

方艾艾说："我是糊涂了，糊涂得不知道怎么办了？"

寻着方艾艾来的高文艳，此前也是糊涂的，给她很拾脸面的男人郝大器，去了每一户人家的门里，给人家施展他的手艺，都没有发生什么，却在她的闺蜜方艾艾家里，突然不明不白地出了状况。这个状况出得太大了，不仅害死了方艾艾的老父亲方守贵，还让给她拾脸面的男人郝大器被派出所的老杨头押了去！

高文艳到方艾艾家里来，她是想要在方艾艾的嘴里知道，郝大器把她怎么样了。

现在有了方艾艾亲口说出来的答案，高文艳不糊涂了。

虽然高文艳不糊涂了，却并没有完全解除她心里的疑惑。她想，方艾艾所以这么说，也许顾忌的是她和她的面子。她们是好闺蜜哩！因此，她还是想问方艾艾几句话的。可是扑进高文艳怀里的方艾艾，没有等高文艳问她，就又说开了。

方艾艾说："你们不要问我。都不要问，就听我说给你们听。"

方艾艾说："你们都想多了。"

方艾艾说："想多了害命哩！我老爸就是想多了。"

方艾艾说："郝大器吃的油水多了，他滑了肠子。"

不管方艾艾怎么说，高文艳都没有彻底相信她的话。但有她说的这些话就好了，就不至于太难看，尤其是她。郝大器给她多拾脸呀！她可不能让自己丢了那张脸……相拥相抱的闺蜜俩，再没有别的话说了。而方艾艾也渐渐地冷静下来不哭了。她不哭了，也不说话，高文艳就要来说了。

高文艳说："老人还在镇医院的太平间里躺着哩。"

高文艳说："咱不能让老人家就那么冰冷地躺着吧？"

高文艳给方艾艾说了那两句话后，她把话题转向老杨头的身上，给老杨头也说了。

高文艳说："方艾艾刚才说的话，您都听清楚了。"

高文艳说："把郝大器放出来，让他出力出资安埋老人怎么样？"

还能怎么样呢？老杨头回到派出所来，把郝大器放走了。

郝大器从派出所里走出来，听了老杨头的话，直接去了方艾艾的家，操办起了方守贵的丧葬事宜……缝制老衣，打制棺椁，修造墓穴，把死去了的方守贵，可说安埋的是够体面了呢！

十二

那样的体面，说透了，都是要钱来办的。

郝大器不怕花钱，媳妇儿高文艳把他挣回来的手艺钱，一笔笔收好了，这时全都大方地拿出来，交到郝大器的手上，让他放心花，花多少是多少……花钱制造出来的体面，在郝大器看来，再划算不过了。他知道他是把脸丢了，一个丢了脸的人，不把脸拾起来，今后就不好活人了。

然而，问题并没有郝大器设想得那么简单。

脸拾不起来的一个表现，集中在郝大器没有了请他做活儿的事主了，尽管他的活儿做得好，受人欢迎，被人追捧，但就是再也不见谁上他家的门，请他入他们家的门，给他们家做活儿了。便是原来预约了他的事主，也都像忘了他们曾经有的约定，另找木作匠人，入去他们家门做活了。哪怕那个木作匠人的手艺，是他们所不满意的，也都凑合着做了。

这是为什么呢？郝大器想到了方艾艾，他宝贝一样的木作家具，被方艾艾曾经一件一件，那么轻蔑地从她家门里抛扔出来，凤栖镇的镇街上，应该是被许多人看见了。

这是个原因吗？

当然是个原因了，而且是个非常重要的原因哩！郝大器丢脸，可就是那么丢了的呢！

原来忙得连轴转的郝大器，丢脸闲下来的滋味，可是不好受呢！郝大器往回拾方艾艾抛扔掉的家具和工具的时候，就像给他拾脸一样小心。他拾回来了，在家里把那些木作工具，一件一件地磨，是斧子、锛子，是凿子、钻子，是推刨、刻刀，热衷得都如他的手一般，他的脚一样，他很有耐心地锉磨着，锉磨得无不锋利光亮，但没人请他上门，再锋利光亮的工具，像他本人一样，丢脸地寂寞在家里了。

郝大器不甘心闲下来，他从家里走出来，去派出所找老杨头了。

老杨头原来邀约过他，要他得空给他妹子打制陪嫁的嫁妆，他现在就闲着，就有空儿，他可以满足老杨头的邀约了呢！

郝大器走进派出所，看见老杨头难得地蹲在院子里，与几个所里的小年轻在下棋，看来他下棋的能力一般，郝大器走近了时，发现他似乎要悔一步棋，而年轻人不许他悔棋，所以吵的声音很大。郝大器的到来，成了老杨头放弃下棋的一个好借口，他把要悔的那枚棋子，"叮当"摔在棋盘上，转身站起来，面对了郝大器，开门见山地问了他一句话。

老杨头说："你找我？"

郝大器忙不迭地给老杨头点着头，他边点头边给老杨头说了。

郝大器说："原来老没空儿，现在满是空儿"。

郝大器说："你说我得空儿了，给你家妹子打制陪嫁的箱箱柜柜、梳妆匣子……"

郝大器的话没说完，就被老杨头截住了。

老杨头说："我给你说过吗？"

老杨头说："我没有说过呀。"

到派出所来，在老杨头跟前讨了个没趣，郝大器灰溜溜地转身走了。他差不多都已走出派出所的大门了，却听见派出所院子里几个与老杨头下棋的年轻人，你一言我一语地议论着他。

声音很尖的那位年轻人说："谁还敢把郝大器请进家门里去呀？"

声音闷点儿的那位年轻人说："老杨头呀，你敢吗？"

两个年轻人各自说了一句话后，又异口同声地说了："你要敢把郝大器请进你家门里，我俩就敢把郝大器再次请进派出所来。"

听着两位年轻人的话，郝大器想起来了，他那次就是被他俩架着，押进派出所来的……郝大器真想回过头去，与两位年轻人理论几句，但他知道，所有的理论，都将以自己丢脸而结束。

丢脸就是这么残酷。明白了这个道理，郝大器没有说话，他在寻找把脸拾回来的机会。这个机会不会从天上掉下来，也不会从地里长出来。痛定思痛，郝大器把他的手，像以往一样举在自己的面前看。郝大器想起他媳妇儿高文艳曾经十分迷恋他的手，出了那件事儿后，高文艳就再也没欣赏过他的手了。

郝大器想要媳妇儿高文艳再来深情地欣赏他的手呢！然而几次，他在看他的手的时候，高文艳却视而不见，完全不把她曾欣赏的他的手往眼里放了。

郝大器能攥着媳妇儿高文艳，让她欣赏他的手吗？

郝大器可不是个轻贱的人。媳妇儿高文艳爱看不看，他自己看了。他看着还真看出了个让他拾脸的方式来。

郝大器因此叽咕说："我只是把脸丢了。"

郝大器叽咕说："可我的手还在。"

郝大器叽咕说："手艺，我的手艺不还在我的手上吗！"

"家有万贯，不如薄技在身。"郝大器永远记着老祖宗说过的这句话，他因此把他的一双手，又举在眼前看了。他看着时，媳妇儿高文艳走到了他的面前，忍无可忍地说他了。

高文艳说："看什么看？手上有脸吗？"

高文艳说："要能在手上看见你的脸，我和你一起看。"

洞房花烛夜，媳妇儿高文艳不就说过这样的话吗！当时高文艳说了，说她就恋他的手，还说他的手就是脸！她那时不仅夸赞了他的手，还把他的手捉在她的手里，捧到她的嘴唇边，热热地亲了呢！

郝大器乐起来了。他一扫近些日子丢了脸的不堪，依然故我地举着他的手，举到媳妇儿高文艳的眼前，要她再看，认真地看，他的手还是他的手，手在脸就在，他能把他丢了的脸拾起来。

可是媳妇儿高文艳躲着他的手，还恼怒地呵斥他了呢。

高文艳说："把你的手拿开，我不想看见！"

高文艳说："有本事你拾去好了。"

高文艳说罢这句话，就很厌恶地背过身去，从家门里走出去了。

十三

媳妇儿高文艳可是不想与郝大器吵架的呢。

自从郝大器在闺蜜方艾艾那里丢了脸，高文艳是很想与他大吵大闹一场的，但却没有，因为她看得明白，丢了脸的郝大器，似乎也在等着她来吵闹。如果她给他吵了闹了，他或许会好受一些。但她不想让他好受，所以她就咬牙忍着不吵，坚持忍着不闹，她要他一直地难受下去。

为了躲开郝大器，避免和他吵，与他闹，高文艳就不在家里待，总要抽身出门去……出了门的高文艳，没想往方艾艾的家里去，可她的脚，她的腿，不听她的话，带着她走着走着就走去了方艾艾的家。

这时的方艾艾，已经彻底地冷静下来了。

冷静下来的方艾艾，把她与郝大器那天发生的事，过电影似的反复过了许多遍，这么反复过看，过得方艾艾既恼着，又还乐着了。方艾艾恼自己太敏感了，太不知轻重；乐自己太敏感了，太不知轻重……郝大器给她打制陪嫁，本就特别用心，到了雕漆描金的时候，就更精益求精，他没有什么非分之想，他只是被照顾得过了火，大肉大油，吃滑了肠子，他跑进后院解手来了，这又有什么呢？因为自己的不冷静，因为自己的惊慌，把一件不是事的事，像晴空炸起一声惊雷，一下子炸出事来了！

恼着自己、乐着自己的方艾艾，看着闺蜜高文艳到她家里来了。

方艾艾高兴出了那么大的一件事儿，高文艳没有断了与她的闺蜜情，拉着郝大器，出钱出力，帮助她安排了她老父亲的丧事，她太感谢高文艳了。当然她也知道，因为她的不冷静，她的敏感，给高文艳和她男人郝大器，造成了很大的负面影响。因此，方艾艾自觉她有责任，来为郝大器说话了，只有她说话，才可以为他洗脱不该有的罪名。

高文艳来了，方艾艾给她说："不愧闺蜜哩！你还能来，我感激你。"

方艾艾说："你家郝大器是好男人，你要相信他哩！"

高文艳到方艾艾家来了好几次了。她来一次，方艾艾就给她这么说一次。仿佛她俩之间，再没了可说的话，就只有那个她俩其实都不想再提说的话。

这一次高文艳来了，方艾艾说得深入了些。她说："人犯的错，千种百种，想到头来就只一条。"

方艾艾说："就是想得多了。"

方艾艾说："我就想多了。"

方艾艾说："文艳呀，你可不敢想多了。"

高文艳想多了，还是没想多，她不与方艾艾说，只是听着方艾艾的话，向方艾艾问起她们的邓老师。

高文艳说："邓老师呢？"

高文艳说："邓老师也想多了吧！"

必须承认，高文艳的问题问得对。与方艾艾定下终身的邓老师，一定是想多了。他想多了后，不仅跑到镇派出所，向老杨头告发了郝大器，而且不再见方艾艾了。方艾艾安埋她老父亲方守贵，邓老师躲着不见人……方艾艾去邓老师任教的镇中学找他，听学校的其他老师说，邓老师人在学校哩，可方艾艾怎么找，就是找他不着……高文艳在方艾艾的家里，与方艾艾说着话，自告奋勇地给方艾艾说了。

高文艳说："我给你找邓老师去。"

高文艳说："咱不怕他想得多。"

高文艳说："他想得多，说明他……"

高文艳没有把后半句话说出来，但她照着她的思路，去镇子上的中学找邓老师了。方艾艾自己去找邓老师，邓老师躲着不见她；高文艳代替方艾艾去找邓老师，邓老师没有躲她。

他们见面了，不是一次见，而是一次一次地见，这从高文艳回过头来，转告给方艾艾的信息可以清晰地知道，高文艳见到邓老师后，从起初的不自然，慢慢地自然了起来，而且在自然的基础上，还进一步地发展着，发展到无话不说，如同相见恨晚的朋友一般，很是和美了呢！

方艾艾因此有求于高文艳了，想要高文艳安排她与躲着她的邓老师见面，高文艳劝她不要急，说她会掌握火候的。

这火候什么时候会到呢？

方艾艾的心里，越来越觉得遥远，因为高文艳好些日子不登她家的门了。

高文艳不登方艾艾的家门，方艾艾可以去高文艳的家里呀。

方艾艾想到了，也做到了。她去了高文艳的家里，没有见着高文艳，只见到了郝大器。发现出了那档子事情的郝大器，虽然丢了脸，没有了事主请他上门做活了，但他并没歇下手，而是把他的家，当作了他的用武之地，拉开架势，在他的家里，做着他拿手的箱箱柜柜，以及娶媳妇嫁女子的人家需要添置的梳妆匣子、脸盆架子等物件……方艾艾进了他家的门，看见他家的院子里，一套一套的描金箱子，一套一套的雕漆柜子，以及漆彩的梳妆匣子、脸盆架子，被郝大器尽心尽意地制作出来，摆了满满一院子。

郝大器埋头于那些箱箱柜柜、梳妆匣子、脸盆架子之间，干得聚精会神，一丝不苟……他不知方艾艾到他家里来了。

是一位找上门来的男子，喊动了做活的郝大器，他回头了。

回过头来的郝大器，不仅看见了喊他的那位男子，也看见了来找他的方艾艾。

这从郝大器的眼神上看得清楚，他在看见喊他的那位男子时，神情是自如的，而在看见方艾艾时，就像当时在方艾艾家里遭遇了那件事时一样，他的眼神是慌乱的。不过，有喊郝大器的那位男子在，郝大器没有太慌乱，他问那位男子有什么事。

那男子说："我不好把你请到我家去，怕人讲闲话，就寻到你家来了。"

那男子说："你不要拒绝我。"

十四

那男子把话说多了。

如果那男子不这么说话，郝大器不会拒绝他，而是会帮他把他拿来的风箱，给收拾好的，因为郝大器有这个能力。别的木作匠人不甚懂得风箱制作的窍门，郝大器仔细琢磨过，他深知一个风力持久的风箱，好用不好用，都在细细的一线距离之间，上底压盖，在中间的部分，于四面板子往里收窄一线，就一定风大气足，而如果往外放出一线，则漏风跑气，不是一个好的风箱了……这是郝大器琢磨到手的一个窍门，所以他打制的风箱，也最被人推崇，受人喜爱。

可是，正如这位登门来的男子说的那样，他不好被人请进家门了！

你不好请我上你家的门，那你就好到我家门里来呀！生了气的郝大器，把他的话说得从没有过的恶声恶气。

郝大器说："我是嫖客！"

郝大器说："我是野汉！"

郝大器说："我没资格进你家门了，你请有资格的木匠去呀！"

当着那男子和方艾艾的面，郝大器没有好声气地撵走了那男子。在那男子走了后，院子里除了郝大器尽心尽意制作的箱箱柜柜、梳妆匣子、脸盆架子等物件外，就还剩下一个方艾艾，郝大器的心，不由自主地又慌乱了起来。

慌乱中的郝大器张嘴说了这样两句话。他说："你闺蜜不是去你家了吗？"

郝大器说："你闺蜜天天去陪你，她现在几乎就不在家里待。"

郝大器的两句话，让方艾艾把她心里生出来的一个疑惑，顿然释解了开来。她比郝大器明白，他媳妇儿高文艳，不在他家里，也不在她家里，她是去镇中学的邓老师那里去了。

去就去吧。方艾艾对那个邓老师已经没有丁点的想法了。

听着郝大器说着话，方艾艾走向了他在家精心打制、描金雕漆制作出来的箱箱柜柜、梳妆匣子和脸盆架子，伸手一件件地抚摸着，她抚摸过一件，便顺口夸赞一句。

方艾艾说："美呀！真的是美哩！"

方艾艾说："天生了一副好手艺！"

方艾艾夸赞郝大器的语气是由衷的，这一点郝大器听得明白，他因此跟在方艾艾的身后，看着她抚摸他的每一件作品，听着她对每一件作品的夸赞，他想谦虚一下，却终究没能说出来。所以他就一直跟在方艾艾的身后，直到方艾艾像个质检员，把他制作的所有木作作品，都细心地抚摸着看了一遍。方艾艾来时飘飘然如一缕风，最后走出他家的家门时，亦如一缕风，消失在了凤栖镇熙来攘往的人群里。

下一次来，高文艳倒是在他们家里。不过，方艾艾不想再与高文艳说什么了。她要说的对象只有郝大器，来时都已想好了，给郝大器说她要给他之前打嫁妆的工钱。可当她站在郝大器的面前时，却口是心非地说了这样一句话。

方艾艾说："你给我个价吧，我买你做在家里的箱箱柜柜、梳妆匣子、脸盆架子。"

没人邀请郝大器去他们家里了，他在自己家里打制箱箱柜柜、梳妆匣子、脸盆架子，为的就是卖呀！方艾艾要买，他没有不卖的道理。

郝大器一手钱，一手货，把一套箱箱柜柜、梳妆匣子、脸盆架子卖给了方艾艾。可是才过去一天的时间，方艾艾又来郝大器家的门里，一手交钱，一手拿货，又买了他一套新的箱箱柜柜、梳妆匣子、脸盆架子……方艾艾把这样的戏码，重复演出了几次，郝大器不用问她，即已知道，她是在为他销售他描金雕漆打制的箱箱柜柜、梳妆匣子、脸盆架子。

这样能把他的脸拾起来吗？

十五

就在方艾艾与郝大器配合默契地继续着他们的演出时，突然不见了高文艳，同时还不见了邓老师。

凤栖镇上的人，纳闷不见了高文艳，郝大器为什么不去寻找她，而且还平心静气地配合着方艾艾，一个在他的家里，精心精意地描金雕漆打制箱箱柜柜、梳妆匣子、脸盆架子；一个在凤栖镇的街市上，兴致高昂地销售那些描金雕漆打制的箱箱柜柜、梳妆匣子、脸盆架子……时间就如没有调盐没有拾醋的稀汤饭一样，喝着一碗不多一碗不少地走着，走过了一年又一年，突然听人在凤栖镇上议论，说是高文艳人在青海，邓老师也在青海。

青海那里有项特殊的落户政策，有教师资格的人聘任在那里，不仅能解决个人的商品粮问题，还可以解决配偶的。

高文艳跟着邓老师，在青海把他们的问题都解决了。

这个消息满凤栖镇上的人都知道了后，才传进了方艾艾和郝大器的耳朵里……传进他俩耳朵里是迟或是早，并没有在他俩的情绪上引起什么变化，他们依然配合默契，郝大器在家描金雕漆打制箱箱柜柜、梳妆匣子、脸盆架子。方艾艾在街市上销售描金雕漆打制的箱箱柜柜、梳妆匣子、脸盆架子。

所有的一切，都在这日复一日的过程中，变得顺理成章，习以为常了。

顺理成章中的方艾艾，钻进了郝大器的怀里，习以为常的郝大器抱紧了方艾艾，他俩在一场玩得痛快淋漓的个人游戏后，都还赤裸着身子，你一身汗，他一身汗，你抚摸他光溜溜的汗身子，他抚摸你光溜溜的汗身子，就都若有所思地要说话了。

方艾艾说："郝大器呀，你真的是个要脸的人哩！"

郝大器回答着方艾艾："我要脸的时候，却把脸弄丢咧！"

方艾艾接着说："你现在还要脸吗？"

郝大器说："谁能不要脸呢？"

方艾艾说："拾起来了吗？"

郝大器说："你说呢？"

方艾艾说："是你要我说的。"

郝大器："是我要你说的。"

方艾艾说："我说了你不要吵我。"

郝大器说："不吵你。"

方艾艾说："你呀，现在才是不要脸了哩！"

郝大器说："不要脸好啊！我不要脸……"

方艾艾没有让郝大器说完整，她是抢着来替郝大器说了呢。

方艾艾说："偏偏不要脸，把脸倒给拾起来了！"